她的名字是

그녀 이름은

［韩］赵南柱 著

徐丽红 译

中信出版集团｜北京

图书在版编目（CIP）数据

她的名字是 /（韩）赵南柱著；徐丽红译 . -- 北京：中信出版社，2020.1（2020.1 重印）
ISBN 978-7-5217-1025-0

Ⅰ . ①她… Ⅱ . ①韩… ②徐… Ⅲ . ①短篇小说－小说集－韩国－现代 Ⅳ . ① I312.645

中国版本图书馆 CIP 数据核字（2019）第 205522 号

This book is published with the support of the Literature Translation Institute of Korea (LTI Korea).

她的名字是

著　　者：［韩］赵南柱
译　　者：徐丽红
出版发行：中信出版集团股份有限公司
（北京市朝阳区惠新东街甲 4 号富盛大厦 2 座　邮编　100029）
承 印 者：北京盛通印刷股份有限公司

开　　本：880mm × 1230mm　1/32　　印　　张：8　　字　　数：108 千字
版　　次：2020 年 1 月第 1 版　　印　　次：2020 年 1 月第 2 次印刷
京权图字：01-2019-6454　　广告经营许可证：京朝工商广字第 8087 号
书　　号：ISBN 978-7-5217-1025-0
定　　价：55.00 元

服务热线：400-600-8099
投稿邮箱：author@citicpub.com

作家的话

从 9 岁的小孩到 69 岁的老奶奶，我总共倾听了六十几名女性的故事，以那些声音为起点，撰写这些小说。真心感谢她们。一张张涨红的脸，欲言又止的声音，以及凝结在眼眶最终还是没有流下的泪水，我永远不会忘记。

比起写作过程，倾听的过程更愉快、更悲伤，也更艰难。给我印象最深的是很多女性开始的讲述都很平淡，“我没有什么特别想说的”“我的经历没有什么特别的”。这些都是经常发生的情节，却也是特别的故事，有时还需要特别的勇气、决心和斗志。而且那些故事本身也是有意义的。我希望能为更多女性记录她们看似毫不特别，也没什么大不了的人生。我相信各位读者在翻开这本书的时候，自己的故事也将随之开始。

2018年春

赵南柱

目录

第三部

奶奶——您保重

第四部

在无数未知的路口——
我追寻隐约的光

后记

第一部

即便如此

——还是会怦然心动

第二个人

素珍 20 多岁，在一家国企的地方分公司工作。

他是素珍的顶头上司。虽然素珍离职时已经是熟练员工，但毕竟是到了新公司，还是按照团队的导师制传统，成了年长自己 10 岁的课长的直属后辈。课长总是说公司食堂吃腻了，想去外面吃午饭，而且只带素珍一个人。大白天，也不喝酒，素珍并没有感觉到太大压力。谈话内容大致与业务有关，私人话题只有他吐露的对婚姻生活的不满。那时还没发现问题。某天夜里，会餐结束后，他说，“先送你，再送我”。于是素珍和他上了同一辆出租车，这是开始。在出租车后座，他毫不顾忌素珍的意愿，强行和她发生了身体接触。素珍说“不要这样”，然后下了车，把他扔在出租车里，自己回了家。从那之后，他开始指责素珍的妆容和穿着，看屏幕或者看资料的时候，开会的时候，都会自然而然地把自己的手放在素珍的手、肩膀和腰上。开玩笑的尺度也越来越大，下班后也总是要求见面，说想她，想要和她发展成为特殊关系。进入公司6个月后，她终于忍无可忍了。

素珍首先发邮件向组长说明情况。之所以这样做，是因为她觉得应该留下证据。组长在回信中说，他绝对不是想要隐瞒问题，可在现实情况下，想要惩处或调走课长并不容易，所以他会考虑给素珍换组。素珍也想过就这样换个部门算了，可是想来想去，她都觉得让受害者逃避的方法并不正确。哪怕不采取法律手段，至少也应该在公司层面做出惩戒。不过，如果事情公开的话，恐怕她也很难像现在这样继续在公司工作了。素珍思来想去，要求组长把课长换到其他组，同时发邮件正式要求和组长面谈。不料，事情正朝着素珍意想不到的方向发展。

组长没有给出任何回复。素珍又给组长发了两封邮件，还是没有得到回复，也没有接到电话。她去找组长说有事要谈，组长借口很忙就离开了。后来她才知道，组长先把课长叫过去，让课长看了素珍的邮件，询问事情的真伪。他们两人之间进行了怎样的对话，素珍无从知晓。她只是猜测，课长当然会否认自己的性骚扰和性侵犯行为，继而对素珍则做出负面评价。

课长开始在办公室里大声责骂素珍，分配给她无法承受的工作，指令也总是发生变化。如果素珍发表意见或提出问题，课长就会大声呵斥："你是不想工作了吗？"还会因为素珍不打招呼，接电话晚了，或者看他的眼神令他不悦而大发雷霆。素珍偷偷躲在卫生间哭的时候，遇到了和课长同年进公司的女前辈。前辈安慰哭红了眼睛的素珍，确认卫生间只有她们两个之后，嘱咐了她两件事，录音和留下材料。如果想解决问题，那就不要离开公司，而是坚持下去。如果有需要帮助的地方，一定和她联系。素珍一丝不苟地做好业务日志，向课长报告的时候，每次都会用手机录音，然后正式向人事组提出申诉。

人事组立刻安排内部调查。素珍按照通知时间去了会议室，发现课长、组长和人事组长三个男人已经坐在办公室里。组长说，课长对后辈的教育过于严格，导致素珍感觉很辛苦。课长莫名其妙地提起素珍在以前的公司里和同事发生过办公室恋情，以及离开公司后通过向劳动部申诉拿到拖欠工资的事。人事组长说他们两个人可能对彼此有误会，劝素珍和课长好好和解。素珍没有当场抗议，也没有夺门而出。看到课长在场，素珍的气势就消减了许多。她感觉其他两个人都是帮着课长说话。她说，“我知道了，我会考虑的”。调查就这样结束了。幸好素珍听了前辈的建议，把所有情况都做了录音。

和素珍同期进入公司的同事告诉她，公司里流传着很多关于素珍的奇怪谣言。她们只是迎面遇到用眼神打个招呼的关系而已，并没有单独联系或者见过面，但是她还是给素珍打了电话，说好像有人故意散布谣言，所以考虑再三，决定告诉素珍。传闻中，素珍的前男友被说成有妇之夫，而且是素珍主动勾引对方，破坏对方家庭，被公司知道之后，素珍无故旷工两个月，然后向劳动部提出申诉，还拿到了工资。素珍的手瑟瑟发抖。同事迟疑片刻，接着补充说，这回又传言说素珍故意接近课长，然后要求升职和调到首尔工作，以此作为平息事件的条件。

素珍寝食难安，走着路都会突然泪如泉涌。她感觉人们都在躲避自己，同时又觉得这会不会是自己的妄想，这种疑惑让她更加痛苦。素珍去了人事组，说自己不想和解。课长的行为分明就是性骚扰，而他非但不反省，还利用职务之便给她施加压力，恶意陷害。她要求对课长进行惩处，并调职。公司召开了人事委员会议，素珍递交了日志、便条、和课长之间的短信记录、录音等全部资料。公司却以两人有损公司风气为由，对他们做出了同样减薪三个月的惩处。素珍随即以职场性暴力为由向劳动厅提出申诉。

组长叫来素珍，大发脾气："我已经说得很清楚了，你非要把事情闹大吗？"还骂她是社会不适应者、疯子、神经病。组长对她冷嘲热讽说："这些话你也录音了吗？因为怕被录音，都不敢和素珍小姐说话了。"当着素珍的面，组长安慰起了课长："你怎么这么倒霉，就当是以邪辟邪，就当是踩了狗屎……"从此，没有人和素珍说话，也没有人给她安排工作。上班的路如同下地狱。只要来到公司，她的心脏就怦怦直跳，仿佛身体要爆炸，刹那间又咣当沉向无底深渊。有时呼吸变得急促，仿佛被一只大手捂住了嘴巴。素珍被确诊为惊恐障碍，只得请病假回家。而课长和以前一样，照常上班。

素珍没日没夜地独自喝酒，哭泣。医生说酒和药不能同时服用，可是这两样东西她离开哪样都活不了。父母告诉她，这不是你的错，正式提出诉求的做法是对的。像现在这样喝酒，生活过得一团糟也没关系，但是千万不要长期持续。素珍觉得就算是为了父母，也不能倒下。从那之后，她滴酒不沾。要不要辞职去旅行，或者换个地方做别的工作？要么趁此机会继续期待已久的学习？正在考虑几种选择的时候，劳动厅的申诉结果也出来了，下令惩戒加害者。但是，公司最终也没有执行命令。素珍觉得无论输赢，都必须结束这场战争了。

素珍记得以前看过在职场、学校、聚会以及大小集团里发生的性暴力事件的记录。看到那些文字，素珍想起自己也经历过当时没能认识到或者置若罔闻的暴力。她还在网上签名，参加过许多聚会，然而没有持续关注。后来怎么样了？她搜索了一下，发现没有哪个加害者真正付出代价，而选择曝光的受害者们却以损害名誉、侮辱、诬告等罪名遭到反诉，继续进行着艰苦的斗争。

明明知道这样的结果，素珍还是在门户网站上的公开留言板和自己的SNS账号上曝光了事件始末和公司采取的措施。这期间，如果制度、规范、常识当中有一样发挥作用，她都不会选择这样的方法。素珍联系了当初建议她录音的前辈，前辈帮她说服因为类似事件离开公司的前员工，让她们见面。前辈和某位组员写下了目睹课长性骚扰场面的陈述书。素珍上传的文字迅速扩散，见诸报端。后来，素珍和某女性团体取得联系，结识了信得过的律师，以公司和加害者为控告对象进入民事刑事诉讼程序，还接受了报社的采访，不过面部和声音都做了处理。

素珍的遭遇被传得沸沸扬扬，每次采访报道后面都会出现严重的恶意回帖。一名做记者的大学同学找到她的电话号码，给她打了电话。电话里，她的语气稍微有点儿不耐烦，结果被全盘录音，在新闻中播放出来。这期间，公司仍然怂恿素珍和课长和解，听说课长也在准备起诉。如果说即便这样也绝不后悔，那是假的。每天，甚至每个瞬间，素珍都在后悔。每次梳头都会掉一大把头发，吃什么都吐，只能靠输液和营养剂支撑。妈妈生怕素珍想不开，每天夜里睡在素珍的床边。素珍问律师，问前辈，问家人，现在放弃是不是更好。所有人都说受害者本人的意见最重要，要是真的太辛苦，就到此为止也没关系。然而，素珍却不能放弃。

因为遭到同一位课长的性骚扰而离开公司的职员，见到素珍就说对不起。她很自责，要不是自己当初选择了息事宁人，素珍就不会经历同样的事情。素珍当然没有埋怨，但是她不想成为息事宁人的第二个人。她不希望有第三个、第四个、第五个受害者出现。

娜丽和我

我最疼惜的后辈娜丽是个27岁，有两年工作经验的编剧。

“叮咚！”

是娜丽的手机。在很多人一起工作的空间里，为什么不把手机设置为振动，而是响铃呢，起初我不理解。有一次，娜丽正在吃饭的时候急匆匆地打电话说：“对不起，我没听到铃声。”我这才明白，她在等不能错过的电话。我也是这样。看到有来自演员、制作人、主管姐姐的未接电话，我的心总会猛地沉下去。

我故意爽朗地问：“相亲会的男人？”

“我还没参加相亲会呢。准确地说，是准备相亲的男人。”

娜丽和一个男人互发短信一个月了，还没见过面。娜丽两次取消了约会。一直联系不上的艺人好不容易联系上了，距离录制节目还有一两天的时候却莫名其妙地告吹。那个周六本来是约定见面的日子，可是娜丽和我连续几天加班，连周末都没有。

娜丽盯着我，突然问道：

“姐姐！我能结婚吗？”

“怎么？你想结婚吗？”

“也不是，只是我最近常常想，我连参加相亲会的时间都没有，会有时间恋爱，会有时间结婚吗？平凡地过日子会是什么样呢？”

做自己想做的事情，维持生计。虽然辛苦，可还能继续在研究生院学习，守着两只懒猫，我对自己目前的生活非常满意。我也没有体验过娜丽说的“平凡的生活”，自然不知道怎样回答。

娜丽是选秀节目中协助现场直播的年龄最小的编剧。用行话说，她的机灵麻利深得我心，于是我把她调到我现在做的烹饪节目。我劝说她，虽然烹饪节目已经快过季了，不过尝试一下总是好的。这个节目是邀请名人介绍自己的特色菜谱，其实几乎没有哪位出演者真的带来了特色菜谱。从烹饪方法到营养成分、相应菜单，都需要娜丽查找资料。如果可以自由准备，那还算幸运，有的出演者要求准备自己想吃的食物或者昂贵的食材。这次的嘉宾医生就是这样。

他说最近痴迷泰国食物，一定要尝试做泰国菜。娜丽根据节目咨询烹饪专家的意见，准备了加入蛤蜊的海鲜米粉和越式春卷沙拉。娜丽明明在节目录制前三天把脚本和菜谱用邮件发给了对方，可是直到当天来开会的时候，他才对菜单提出不满。

“为什么要选这么常见的米粉？说这是我的特色菜谱，岂不是太伤我的自尊心？”

参加会议的人很多，他偏偏盯着娜丽说。娜丽是这里最没有发言权的人。我是该站出来阻止呢，还是把解决问题的机会交给娜丽？正在我犹豫不决的时候，娜丽嘴唇颤抖着说：“食谱里的米粉是要加入蛤蜊的，适应我们的口味。观众们会感觉既新鲜又亲切。”

“我说的就是这个！又不是刀削面，加什么蛤蜊？这不是太可笑了吗？”

娜丽哑口无言，最后我站了出来。

“像老师您这样冷静睿智的人，只要戴上围裙往那里一站，就很有魅力了。首先是画面，菜单有什么重要的呢？”

像我这个年龄，这个资历，面对趾高气扬的出场嘉宾，最好的方法还是给对方戴高帽子，讨人欢心。虽然我也会心生自责，但总不能把准备好的节目给生生毁掉。好不容易把他安抚好了，开始录节目，可是突然发现没有水。因为经常要在摄影棚里制作食物，所以电视台单独准备了带烹饪设施的摄影棚。不过，毕竟是简易装置，偶尔也会出现故障。制作人赶紧去找剧务，我临时变换了录制顺序，先做炸春卷。娜丽急忙打开燃气灶，趁着给平底锅里的油加热的空隙，把修改内容写在嘉宾用的提示卡上。

突发状况已经成了家常便饭。有时燃气或水管出问题，有时在录节目当天食材未能送达，烹饪时间比计划延长，类似的事情不计其数。这时我会改变节目编排或摄影顺序，而娜丽迅速做好交涉和准备道具等工作。

录制过程中，娜丽总会观察工作人员的反应，因为他们是第一批观众。像往常一样，摄影导演和出场嘉宾在几个地方笑，或者探头表现出好奇，或者咂嘴巴，而娜丽却脑子里一片空白。她东奔西跑，整理收拾，好像什么都感觉不到。原来说不喜欢米粉的人，正捧着加了丰盛蛤蜊的米粉大吃特吃。

回到办公室，我们喝了杯速溶咖啡。身体疲惫不堪，喝一杯热乎乎的咖啡，困意扑面而来。制作人整理完摄影棚之后赶过来，对娜丽说："娜丽呀，我要一杯咖啡，知道吧？放两包，浓一点儿。"

平时我们是不会私下让编剧做事的，包括冲泡咖啡。我们组的会议资料也是用邮件收发，各自打印好了带来。可是辛辛苦苦地录完节目之后，制作人总是让娜丽帮自己冲泡咖啡。我想告诉他，自己的咖啡自己冲，然而对于疲惫而敏感的人说逆耳忠言并不容易。

我刚开始工作的时候，小编剧还是理所当然要为制作人和主管编剧打杂的。吃完午饭回来的路上买三明治，既然如此就多跑一段路买前辈喜欢的三明治，顺路取回修理的皮鞋，去图书馆借需要的书籍，等等。这种氛围的改变真的用了很长时间，直到现在也没有完全消失。就那么一杯咖啡，真的，这样的烦恼不知道还要持续到什么时候。

直到现在，仍然有很多编剧连合同都没有，也不知道业务内容、工作时长和报酬，稀里糊涂就开始工作了。节目突然停办或改组，或被解雇的时候，没有办法得到帮助。如果试图确认和商讨具体的条件，就会被指责为没有激情的编剧。娜丽接到新节目提案后询问报酬，还遭到批评："你是为了赚钱而工作吗？"每周工作 7 天，熬夜是家常便饭，然而娜丽的工资只有 120 万韩元，没有交通费，也没有餐补。

"娜丽，我们去好吃又有名，价格还贵的泰国餐厅聚餐吧。"

娜丽同样疲惫，同样敏感，也更难过。我想帮她缓解心情，可是那天我们没能去成泰国餐厅。因为娜丽的工作没有结束。娜丽淡淡地说，她要和副导演一起做初剪辑，然后回家换件衣服，再出来和我准备明天的录制。本来每周只录一次节目，但是因为出场嘉宾有特殊情况，连续录了两天。为了节省出租车费，娜丽打算在值班室休息一会儿，等到有公交车了再回家。我给了她几张万元纸币。

"打出租车吧。"

我不知道自己做得对不对。前辈的同情，请吃饭，给打车费，这些是不能解决问题的。

工作非常有趣。拍摄现场的气氛，无论如何都不可能在节目中全部呈现。在电视台工作，遇到的人大多活力四射。感受过他们制造出来的生机、活力和兴奋之后，会像中毒一样难以自拔。工作日程总是很满，工作环境也很恶劣，然而每完成一期节目，都会收获无法形容的成就感。我和娜丽恐怕都不会放弃这份工作。如果这件有意义又有趣的工作能够得到正当的回报，那该多好啊。

我也是这样走过来的。我们那时候更严重。我希望我不要成为说这种话的主管编剧。不过仅仅做到这些还不够。我不能只要求自己不该说的话不说，还应该把该说的话说出来。我想起了今天咽回去的话，任何人都无法代替我说的话。

写给她

双颊泛着桃红。穿着短短的网球裙和过膝袜，轻轻地甩甩肩膀，转头对着摄像机翘出屁股。整个过程，她都没有笑。透过那张淡然的脸，珠敬读出了欲望、意志、抵抗、悔恨和疲惫。头发散落下来，遮住了脸庞，她自然而然地用右手拂了上去。珠敬情不自禁地深吸一口气。屏住呼吸，心跳似乎也停止了。

瞬间，仿佛迷路的游魂找到自己的身体，嗖地钻了进去。珠敬迷上了她的面无表情，迷上了她垂落的头发和粗关节的手指。

每当在搞笑节目中看到用爆竹爆炸来表现激烈的感情爆发的场景，珠敬都认为这如同用笑来获得彼此认同的低级幽默。可是那爆竹却以珠敬的心脏为中心，撩动着她的左胸、肋骨和心窝，噼啪、噼啪、噼啪、砰、砰地爆炸了。开始只是像吞下跳跳糖的感觉，但是后来尺度渐渐升级，变成了汉江岸边绚丽多彩的烟花。她承认，有时人会在心里燃放爆竹。珠敬尽可能地让心情沉静下来，她问躺在身旁的妹妹：

“是新人吗？”

“她们？不是，出道很长时间了，叫什么名字来着？最近相似的组合太多了。”

曲子快要结束的时候，曲名和组合名都会出现在字幕上。珠敬从口袋里拿出手机，扭过身体坐着，不让妹妹看到屏幕。不知为什么，她不想让别人知道自己的心思。她在搜索窗口输入组合名称，六名成员的照片接连出现。珠敬把颤抖的食指放在她的照片上。

她的名字叫ONE，屏幕上出现了出生年月、身高、体重、所属公司、学历、获奖经历，同时链接着SNS账号。进入SNS，只有两张面对舞台的自拍照，上面写着日期和场所，没有其他内容。看来是个沉默寡言的人。出道四年，获了很多奖，成员们也并不陌生。为什么以前不知道ONE？为什么没有注意到这个组合？她先是吃惊，然后觉得不论什么缘分，都存在一个合适的时机。现在就是这个致命的瞬间。

妹妹出门约会去了。珠敬用手机搜索ONE的演出视频。有很多熟悉的曲子，她可以跟着唱副歌。啊，原来这首歌是ONE唱的。这个声音是ONE的声音。珠敬兴奋不已。

有几个娱乐节目是珠敬看过的，当时不曾留意ONE的举动，这次她要仔细观察了。其他成员说话时，她伸着脖子静静聆听，那样子真美。独自剥开桌子上的橘子吃的样子也很美。不捂嘴巴哈哈大笑的样子。当主持人要求她在男嘉宾中间选择自己喜欢的类型时斩钉截铁地说“没有”，被问到女人们在一起会不会产生嫉妒时，她简短地回答“不会”，这些都是珠敬喜欢的样子。

太阳升起来了。因为整夜朝左躺着看手机，珠敬的左脸有些轻微的浮肿。她这才想起妹妹没打招呼就在外过夜。下午还有两份兼职要做。珠敬定好闹钟，给妹妹留言不要叫醒自己，然后躺了回去。在 YouTube 找到 ONE 的音频合集反复播放，ONE 的声音进入她的梦乡。在梦里，珠敬和 ONE 走过不知名的上坡路，谈天说地。ONE 哈哈大笑，珠敬用手捂着嘴巴笑。

珠敬加入了网上的粉丝俱乐部，确认 ONE 的行程，找出 ONE 写给粉丝们的信。信里没有什么特别的内容。谢谢大家投票帮她成为第一名；即将出演新电视剧的消息；天冷了，请大家保重身体……

正好赶上粉丝俱乐部第四期招募。粉丝俱乐部会员具有事先申请录制签名会或音乐节目的资格，还可以享受优先预订演唱会门票的特权。珠敬欣然支付了会费。几天后，相册、应援棒、印有组合名称和标志的保温杯寄到了家里。这是粉丝俱乐部的官方物品，却偏偏赶在珠敬做兼职时被妹妹代收了。

“这是什么？姐姐你喜欢女子组合？”

妹妹递过箱子，嘴角有些不屑地翘起。高中时代，妹妹一直是某青春偶像组合的地区粉丝会总代表。偶像要来演出的时候，她们会从机场开始沿着偶像的途经路线买下室外广告板，挂上欢迎广告。其他地方有演唱会时，她负责包租观光大巴，让附近的粉丝赶去助阵。往电视剧或电影拍摄现场送零食车、送花篮，算着日子寄送生日礼物。在珠敬看来，她们很可怜。包括对这些烦琐的事情乐此不疲的妹妹，以及相信妹妹，并寄钱给她的孩子们。

妹妹说地方演出、广告展示等基础设施不够完善，文化资源过于集中在首尔，以首都圈为中心形成牢固的粉丝文化，所以妹妹拼死拼活地努力，考上了首尔的大学。她因为追星而成绩大幅提升，所以家人觉得这倒是可以接受。真正到了首尔之后，妹妹却开始对哥哥们失去了兴趣。

现在，珠敬正一步步地重走妹妹走过的路。她已经为户外演出盒饭供应项目集资汇了款。如果是普通的饭菜，她也不会参与。听说要把热乎乎的鲍鱼参鸡汤装进保温饭盒里送给她们。傍晚天气很凉，偶像们穿的衣服太单薄，如果能舒舒服服地吃上热乎乎的饭菜，那该有多好啊。原来妹妹当初就是这样的心情。

妹妹的嘴始终撇着。她也许会问，姐姐你也喜欢爱豆吗？这么大岁数了，怎么又要追星了？为什么偏偏喜欢女明星？她正想着该怎样回答才能堵住妹妹的发问，妹妹却抛出了意料之外的问题：

“姐姐的男朋友知道吗？”

此时此刻，珠敬所有的爱，所有的心意，所有的精神，已经全部都给了ONE。如果说会因此而讨厌男友，或者对男友失去兴趣，那倒也不是。其实，这是两种截然不同的感情。不会因为喜欢炒年糕而不喜欢看电影。学了瑜伽，并不意味着就不去美术馆了。妹妹混淆了自己对ONE的感情和对男友的感情，珠敬无法认同。不料，男友也是同样的反应。

“你喜欢女人？”

“我喜欢ONE，不是喜欢女人，而是喜欢ONE。”

“是的，你喜欢那个叫ONE还是TWO的人，而她是女人。”

“我对ONE的感情不是恋爱的心情。”

“那是什么？友情吗？艺人和粉丝之间难道是友情吗？”

“那也不是恋爱关系呀。你不是也喜欢足球运动员吗，叫什么来着？反正你不是也喜欢男运动员吗？上次选举的时候，我们疯狂支持的候选人也是男人。可能是尊敬，可能是把他当作榜样，也可能是感同身受，或者就是没有来由地喜欢，男人也好，女人也罢。”

不知道是被说服了，还是就此放弃了，男友没有说话。

粉丝俱乐部上传了即将接受公开节目旁听申请的预告

文字。珠敬不知道竞争有多激烈，正在慢吞吞地打字申请，却看到已经结束的通知。

下次事前录制申请的时候，珠敬提前登录，迅速留言，终于进入了定员名单。凌晨赶到电视台，花一个多小时清点人员，等待两个多小时。没有屋顶，没有遮挡，粉丝们就站在马路上接受冷风的侵袭。整个过程就像某种森严的宗教仪式，经过漫长的煎熬，然后只看到一首歌曲的演出。那场面就像神从天降。成员们在录制间隙不停地对粉丝们打招呼，回应。珠敬喊了一声 ONE！ ONE 转头冲她挥手。跳舞的时候，ONE 分明用手指做了个心形，朝珠敬这边飞过来。回到家，珠敬全身酸痛，发烧，病了整整两天。

她还买了十张 CD。唱片购买者可以通过 CD 里的抽签得到签名会的门票，为此她花光了所有零花钱，试图提高中签率。结果，她没被抽中。留着十张 CD 也没什么用，她只好都分给了朋友，分给了家教的学生，还送给男友一张。男友反驳她，现在谁还听 CD。不过第二天，男友反馈说，歌曲比想象中好听。

周一早晨，粉丝俱乐部网站像往常一样上传了偶像的本周行程表。周三上午竟然要参加珠敬最讨厌的节目的录制。《星星回归秀》，是发行新唱片的歌手，电影即将上映或电视剧即将开播的演员参加的节目，像是一种宣传仪式。口技、特长表演、变装、演戏、撒娇……各种乱七八糟的幼稚把戏都要做，还不能拒绝，尤其是女艺人出场时还要被安排和大龄男嘉宾扮演情侣。啊，为什么要参加这种节目？一定要参加吗？

珠敬在粉丝留言板上留言说，希望她能对节目有所甄别。同样的留言还有很多，然而经纪公司并没有做出任何反馈。他们好像也不会逐一翻看留言板。珠敬给公司打电话，一直是正在通话和无法接听状态。珠敬几乎抱着手机打了两小时，总算联系上了负责职员，对方却只是毫无责任感地回答“知道了，我会转达”，就挂断了电话。

那天下午，珠敬赶在ONE直播的上班时间找到电视台。成员们从地下停车场直接去了摄影棚，聚集在大厅里的粉丝们扑了个空。珠敬在电视台的室外楼梯上用手机App一边听直播，一边移动到商务车可以进出的停车场西门出口附近，等待成员们的车驶出。不时有商务车经过，其中有一辆摇下车窗，ONE 探出头来，轻轻挥手。珠敬急忙喊道：

“不要参加《星星回归秀》！不要参加《星星回归秀》！”

也不知道 ONE 有没有听到，汽车快速驶出电视台。

珠敬非常不喜欢 ONE 参加《星星回归秀》，无法专心学习，工作也做不下去。星期一、星期二都没睡觉。到了星期三，行程表依然没有变化。珠敬甚至调整了兼职时间，提前去了电视台。这里是地上停车场，通过大厅进入摄影棚，应该能见到 ONE。

珠敬绞尽脑汁，左思右想。要不要躺在门口？还是抓住 ONE 的脚腕扑倒在地？或者在摄影棚里放火？这时，熟悉的商务车到了。ONE 和成员们下车，保安围在四周，像珠敬脑袋那么大的大炮相机肆意地怼了过来。珠敬被这混乱的场面挤出很远，但她还是一直叫着 ONE。现在已经无法阻止 ONE 出演节目了，她不想就这样放弃。

“ONE！往这里看！ ONE！ ONE！我有话说！”

成员们在保安的保护下经过大厅，走向电视台雇用警察把守的大门口。通过这道门，就不能继续跟随了，不能跟她说话，也不能呼唤她了。珠敬感觉自己的心快要碎了。正在这时，ONE 猛地停下脚步，转头看向珠敬。珠敬丹田发力，从腹部到胸部，再到声带，用最大的声音喊道：

“不要撒娇！ ONE，千万不要撒娇！”

ONE 莞尔一笑。

珠敬正坐在电视机前，观看《星星回归秀》。ONE 和成员们讲述自己的近况，唱歌，介绍编舞，表演常见的口技。珠敬觉得无聊，也很担心。终于，一名主持人说话了：

“好，现在该表演撒娇了吧？”

珠敬的心脏都要炸裂了。她紧握拳头，自言自语。不要，不要，不要撒娇。

“老幺 ONE 先来！”

珠敬紧闭双眼，捂住耳朵，啊啊大喊。什么声音都没有听到。眼睛闭得太紧，眼珠子都疼了，眼前一片漆黑，闪烁着小小的火花。仿佛飘浮在宇宙中。漆黑的宇宙，看不到尽头的宇宙，空无一人的宇宙，没有撒娇的宇宙。珠敬感觉自己变成了宇宙迷童，心情反而平静下来。没关系，是的，没关系，你撒娇或不撒娇都没关系。你永远是我的 ONE。

年轻女孩，独自一人

妈妈，现在首尔大雪纷飞。三年前我初到首尔的时候，也下了很大的雪。当时鹅毛大雪下到三月末，都上新闻了。在我们老家，雪并不常见，所以我觉得好新奇。那时我不知道这是气候异常，还是首尔原本如此。本来就举目无亲的陌生的首尔显得更加寒冷，更加令人疲惫。

搬家一个月了。家里总算整理得差不多了。妈妈，现在还因为我离开家而感到失落吗？我以为我说一个人搬家，你至少会说“受苦了”。可没想到妈妈还是那么冷漠。

用妈妈的话说，我是自讨苦吃。尽管是自讨苦吃，可是对不起，至少要比和妈妈一起住时开心。妈妈以为我离开家是出于对首尔茫然的憧憬吗？对。也有这方面的原因。白天忙碌地工作，下班后看展览，看演出，到电影院或书店随便转转，抽空听听人文讲座，我想过这种有文化的生活。我们家附近没有这样的地方，连常见的连锁咖啡厅都没有。当然，我现在还没有过上梦想中的生活，我没有钱，也没有时间。

刚刚收到录用通知的时候，我以为这些工资足够我一个人生活。我花钱不算大手大脚，也没有特别的花销。我真的没想到首尔的房租会这么贵。即使赚很多很多钱，也不可能随心所欲地生活。下班时间太晚了。首尔人真的好奇怪，好像都不用睡觉。公司里有一家餐厅，我们晚餐经常在那里点外卖，如果六点四十分之后下单，配送就会推迟，需要等待一小时。附近的大厦里，九点钟、十点钟仍然灯火通明。那个时间下班也不舍得直接走，大家聚在一起喝啤酒，喝醉了换个地方再喝。不过，首尔并不是安全的城市。

这次我为什么搬家？因为有人试图沿着燃气管道，通过窗户进入我的房间。夏天更要小心。太阳一落，我就紧紧关闭和外界连接的大窗子，提心吊胆地睡觉。我只开橱柜前面的小窗户，就这样忍受着炎热。那天是怎么回事呢？应该是打扫卫生的时候打开了窗户，打扫结束后关了窗户，却忘了上锁。

我正在睡觉，突然响起嘎吱嘎吱的刺耳声音。起先我以为是做梦，或者楼上在做什么？可我听见一个低沉的男人声音说，“唉，他妈的”。那个瞬间，滚烫的感觉像升腾的火苗，从脚底沿着脊背直达头顶。我不敢起床，眼睛都不敢睁。我不知道发出声音的地方是门外还是窗外，或者是家里。我是开着门睡觉的吗？小偷是早就躲在这里的吗？还是我睡觉时没有听到开门的声音？我想到了各种可能。这时又发出嘎吱嘎吱的声音，我这才知道是大窗户发出的声音。那个窗户总是很紧。

我先是继续躺着装睡。正好我朝窗而卧，只要微微睁眼就能看到。我应该看看的，可我太害怕了，睁不开眼睛。我紧握拳头在心里数一、二、三，同时猛地睁开眼睛。不透明的窗户敞开大约十厘米，上面映出人头形的圆影。刚开始因为太黑，我分不清影子是在家里还是窗外。幸好眼睛很快适应了黑暗，我看出影子是在窗外。

男人悬挂在燃气管道上，手从狭窄的防盗窗缝隙伸进来，正在开窗户。防盗窗在三层楼的高度，很难打开。此时我处于极度震惊中，动弹不得，什么都不能做，男人继续努力地开窗。某个瞬间，只听吱扭一声，窗户像滚动般轻柔地敞开了。彻底敞开了。我猛地一惊，从腹部聚集勇气，啊啊啊地大叫起来，震得整个小区都轰轰作响。男人也啊啊大叫，摇摇晃晃地落到了地上。我这才打112报警。

那个男人没有死，也没有重伤。他脚腕骨裂，没能逃跑，当场被抓获。我却被吓了个半死，被送进了医院。我还受到了警察的批评，说我差点儿害死人。如果那个男人死了，或者摔残疾了怎么办？怎么能在那么高的地方吓唬人呢？以后要静悄悄地报警。我吓得瑟瑟发抖，警察还冲我发脾气。不过我也没有任人宰割。我说我要向监察室和青瓦台检举，还要在报纸上披露。我大喊大叫，吵闹不休。后来队长向我道歉，负责人换成了女警，事情总算得到了解决。

那个被抓住的男人，竟然就住在和我同单元的一层。比我小两岁，没有前科。他跟警察说，自己喝酒之后糊涂了，并不是要对我图谋不轨，也不知道这个房间住的是女人，根本不记得自己为什么要这样做。喝醉到失去记忆的人，能踩着危险又狭窄的燃气管道爬上来，用精密的动作开窗？我无法相信，然而警察似乎相信了他的话。

男人说想跟我道歉，但我拒绝了。我不愿想起这件事，也不想见到他。房东奶奶独自住在五层，养了一条狗。她直接把男人赶走了。我还是害怕，无法继续住在那里。我的房租合同续过一次，现在还没到期，不过谢天谢地，我可以直接搬走。嗯，因为新搬的地方也是那位奶奶的房子。了不起的奶奶。在寸土寸金的首尔，她竟然有两栋楼。年轻时是做什么的呢？新搬的房子更旧，但是很宽敞。虽然离地铁站远了些，好在附近有公交站，最重要的是房间在七层，能住得放心。事情就是这样。

这么简单写出来，好像没什么大不了的。其实直到现在我仍然要去医院，服药，不敢关灯睡觉。亮着灯，蒙着被子翻来覆去，我觉得这样不行，于是把灯关掉，可是又害怕，只好打开台灯，等到早晨窗外亮了，才能睡着。生活乱成一团糟。以前找房子的时候，听说是三层，我也有点儿顾虑。如果担保金能多付 500 万，我就可以找到更高的楼层。如果再有 1000 万，我就可以找到门禁处安装摄像头和密码的房子。如果再有 2000 万，我就可以找到正对大路，有保安室的房子。很遗憾，我没有这么多钱。经过这件事之后，我明白了，没有钱不仅仅是遗憾，还可能威胁到生存。

如果知道我奔走于警察署和医院之间，独自做着搬家的准备，妈妈会说什么呢？会让我离开那个本来就没什么前途的公司，立刻回家吗？还是说这是你自己做出的选择，不要怨天尤人，自己承受？

其实，我也有些难过。我并不需要有人揪住那男人的衣领咆哮："你就是那个神经病吗？"不需要有人大闹警察署，质问："你们是怎么对受害者说话的？"也不需要谁大喊大叫说："马上搬家，把担保金还给我。"我只需要有人问我"没事吧，吓坏了吧"，陪伴在我身边，直到我的心情恢复平静。可是没有这样一个人，这让我倍感痛苦。如果告诉妈妈，她只会责怪我，还不如不说。想想我就觉得好委屈。每次都是这样。我生病，受伤，难过，失败，被人欺骗或者受到伤害，妈妈都说是我的错。因为我很差，才遭遇这样的事情。

我知道妈妈是个了不起的人，代替无能的父亲赚钱养家，把我们姐弟三人养大。我很感谢妈妈。妈妈推销辅导资料的时候，每个月能跑坏一双鞋，现在想起来我还是忍不住心疼。妈妈只读过小学，推销的辅导资料自己都不懂，但是她说自己毫不羞愧。这点我也同意。以前妈妈在百货商店工作的时候，每天从早到晚站着，晚上喝着咖啡准备资格考试。爸爸屡次落榜的注册经纪师考试，妈妈一次就通过了。真的很了不起。

我没有妈妈那么坚强，那么勤奋，妈妈是不是对我很失望？可是妈妈痛苦的时候也需要找人倾诉。那就是我。妈妈对我不是诉苦，而是破口大骂。我就是妈妈的出气筒。家人有谁遇到不好的事情，或者家里出现矛盾的时候，妈妈希望我充当感情润滑剂的角色。为什么偏偏是我呢？我说我要去首尔找工作的时候，妈妈愤怒不已，好像遭到了强有力的背叛。我无法忘记妈妈当时的表情。妈妈希望我表现出适合年龄的成熟和独立，同时又乖巧可爱，成为家人的开心果吗？妈妈，对不起，我做不到。

妈妈经常像诅咒似的说，“你以后也生个和你一样的女儿吧”。妈妈你知道吗？我并不是生来就这个样子的，而是被妈妈养成了这样的女儿。

怎么说到这里了？我只是不敢睡觉，于是开始写信。没关系，无所谓的。妈妈有妈妈的人生，我有我的人生。正如所有的人际关系，父母和子女之间可能合得来，也可能合不来。人们经常这么说，但是心里并不一定这样想吧？这封信恐怕是寄不出去了。

我叫金恩顺

今年 29 岁的恩顺是一家连锁餐饮机构的卖场职员。

13 年前，电视剧《我叫金三顺》火爆一时。当时正读初三的恩顺连辅导班都不去，拼命坚持看《金三顺》首播。她似乎理解三顺的心情，从头到尾都理解。因为恩顺也和三顺一样，都是“顺”字辈。想起自己以金恩顺的身份生活的每个瞬间，她总是情不自禁地咬着拳头，把泪水往肚子里咽。

电视剧可以概括为“拥有土气名字和臃肿外貌的老处女金三顺的人生和寻爱记”。三顺因失恋而痛苦，仿佛失去了全世界。她一次次地相亲，每次都告诉自己现在这个男人或许就是人生中的最后一个男人。当时恩顺觉得在那个年龄大概才会这样吧。电视剧里的三顺 30 岁，对于 16 岁的恩顺来说太过遥远，是理所当然应该被称为老处女的年龄。明年，恩顺也要 30 岁了。

上班之后，恩顺就不再画眉了。没有时间，可是又不能不化妆。去年春天，她做了半永久的文眉和文眼线，每个月还要做一次睫毛延长术。她喜欢化妆，学生时代总是精心地化全套的妆。现在，洗漱之后简单涂抹基础护肤品和 CC 霜，在电梯上涂好口红就完了。用显色好的高档品牌口红涂抹嘴唇，恩顺觉得长大成人或许就意味着在高科技和产品的帮助下，留住时光和青春。

最近是服务培训期，每天早晨要去总部上班，路上需要一个半小时。一起接受培训的签约实习生年龄层高得出人意料。40 个人中间，30 岁以上的超过 10 人，40 多岁的有 2 人。今天，根据卖场里经常发生的状况进行角色表演。恩顺扮演前来维权的客人，不停地抗议，食物太咸、太硬、太凉、回应慢、态度不亲切。“你真的很擅长抗议”，听到这种半开玩笑的赞美，恩顺产生了奇妙的感觉。其实她从来没有做过这样的事情。作为女儿，作为学生，作为职员，作为客人，她只是努力做好自己的角色，从没想过，也没有要求过合理的待遇。

传媒高中毕业前，恩顺已经工作了一段时间，后来上大学读经营学专业。现在用母亲的话说就是“在饭店工作”。最初做兼职是为了交学费。学生时代主要做服务员、洗碗、清扫等简单工作，毕业后成为签约实习生，管理卖场。如果一直做得很好，得到很高的培训分数，那就有可能成为正式经理人，总管一家分店。别人都觉得很辛苦，恩顺从开始就觉得有趣。她喜欢和各种各样的人打交道。

随着季节变换重新装饰卖场的时候，恩顺更加兴奋，感觉像是在装饰一个小小的世界。从卖场风格到室内装潢，菜单和摆盘，各种好点子层出不穷。首先要成为这个卖场的经理，将来经营属于自己的个人品牌，这是恩顺的目标。

休息日也不能休息，下班时间晚，这些她都可以接受，最难受的是没有家人的支持。她说要读实业高中的时候，说要上大学的时候，父亲都强烈反对。每次都是母亲代替恩顺战斗，说服父亲。但是，这次母亲也无法接受。她很生气，问恩顺打算做兼职到什么时候。恩顺解释说，只要一步步地走完这个过程，就可能成为卖场的负责人。任凭她怎么说，母亲还是继续追问:“为什么偏偏要去饭店，不能一开始就做负责人吗，你上大学就是为了做这种工作吗？”

最近，父亲动不动就说“九岁劫”。恩顺摔倒，消化不良，手机出故障，都是因为“九岁劫”。重感冒不能上班，难受好几天的时候，恩顺自己也觉得像父亲说的那样，是因为“九岁劫”。

傍晚时分，高中同学来卖场玩儿。恩顺说自己太忙没时间见面，他们干脆把聚会场所定在了恩顺的卖场。最早结婚，今年初生了孩子的朋友，用婴儿车推着刚过百天的婴儿来了。恩顺特意准备了煮土豆和红薯，打算喂给孩子吃。朋友笑着说，孩子现在只能喝奶。朋友用奶瓶盛着奶粉，保温瓶里装着温度适宜的白开水。

朋友和在月子中心见到的时候截然不同。身上的浮肿彻底消失，结婚前就喜欢穿的连衣裙又变得合身了，还适当地化了妆。她从大大的包里不停地拿出奶瓶、保温杯、纱布、围嘴、湿巾、拨浪鼓、婴儿书，熟练地照顾着小婴儿。她目前在休产假，孩子入托排队排到100多号，不知道什么时候才能重新开始工作。朋友不以为然地说。这位朋友做事认真、踏实，比任何人都更喜欢工作。她要承受多少烦恼，才能做到这般泰然？朋友那么坚毅，婴儿那么漂亮，恩顺的心情很复杂。朋友抱着哭闹的婴儿说道：

“你们也抓紧时间吧。我在月子中心的时候发现产妇每差一岁，恢复情况都不一样。”

这话不是第一次听说了。父亲、部门经理、混得很好的前辈、今天聚会的 29 岁同龄朋友们都这样说，仿佛这是最后的机会。这是拥有高质量婚姻的马其诺防线。再晚就没有机会了，应该像被人推着似的身不由己地随便找个人敷衍了事。

恩顺本来心里就很乱，偏偏又遇到了难缠的顾客。旁边餐桌的中年男人总是说肉有怪味儿，让恩顺自己尝一口。恩顺不停道歉，同意重新做一份给他，可是男人还是要求她当着自己的面尝一口，还不停地拍着恩顺的肩膀用平语质问她，是不是觉得自己在说谎。如果换在平时，恩顺转头发个牢骚就完了。今天有朋友们在场，她觉得很受侮辱，难以忍受。

“有什么事吗？”

在远处看到这一幕的男经理走过来问，没想到顾客客气地提出重新烹制菜肴的要求。面对恩顺时那样蛮不讲理，面对上了年纪的男经理却彬彬有礼。这让她感觉很伤自尊。

下班路上，恩顺和男朋友通电话，倾诉了今天遭遇的不快。

“生气了啊，你是不是过度解读了？怎么那么敏感？”

“什么？过度？敏感？也难怪，你没赚过钱，知道什么？”

男朋友比恩顺小三岁，还是学生。恩顺最讨厌“敏感”这个词，男朋友最讨厌“你知道什么”这句话。两个人已经伤了彼此的心，恩顺说以后再说吧，就挂断了电话。

看到恩顺比往常更疲惫、更犀利的表情，父亲问她是不是和男朋友吵架了，又说是因为“九岁劫”。父亲从一开始就对比她小的男朋友不满意。

“与其等这小子毕业找工作，还不如找个已经做好结婚准备的男人。爸爸公司里有很多忙于工作，耽误了结婚的好小伙儿。要不要爸爸给你介绍一个？”

“我是库存货吗？为什么总是急赤白脸地要把我处理掉？你怎么知道那些老光棍是忙于工作错过婚期，还是因为条件差找不到女人？”

“都是不错的小伙子，男人要男人看才行。”

这回母亲插嘴了：

“男人也好女人也罢，孩子是要找共同生活的人，当然要孩子自己看，为什么要你看？”

恩顺这才开始审视自己的内心。我真的想结婚吗？并不。那为什么要着急呢？因为已经 29 岁了吗？恩顺经历的所有事情都只是日常的一部分而已，没有哪件是因为 29 岁而发生的不幸。39 岁、49 岁、59 岁也是一样。

13 年前三顺说，“我希望心脏能变得坚硬”。对于年近 30 的恩顺来说，世界上依然有好多让她怦然心动的事。去餐厅上班的时候，接受培训的时候，和男朋友见面的时候都会。看了好电影，穿了漂亮衣服，喷了清新的香水时也会。希望心脏不要变得坚硬。土气的名字，烦琐的日常，不安的未来，即便如此她还是想成为依然懂得怦然心动的恩顺。

摩天轮

我乘上开往仁川方向的1号线。我要在仁川地铁站换乘23路公交车，去月尾岛游乐园。大多数游乐园里的摩天轮早就销声匿迹，然而月尾岛还有。

周日下午，哥哥打来电话。午睡时一直做乱七八糟的梦。我感觉到轻微的头痛，该起床了，却还是无法从睡梦中解脱出来。这时，放在头顶的手机发出了振动音。看到屏幕上显示出哥哥名字的瞬间，我就知道他打电话是为了什么事。

从春天开始，我就预感到这样的瞬间即将到来。这种预感像呕吐一样不时上涌。

“母亲和你嫂子、尚恩、尚俊一起吃午饭，突然说想吃皇后蟹。这辈子都没说过想吃什么东西。我本来准备给你也打电话，母亲说你每天都忙，让你休息吧，所以我们就去吃了，吃完饭后让母亲在 101 栋门前下了车，尚俊睡着了，我们就回了自己的家。可是突然感觉很奇怪。我打电话，母亲没有接。我想可能是睡着了，过一会儿……如果当时我直接过去的话……”

哥哥说不下去了，像小孩子似的颤抖着哭了起来。那不是哥哥的错，而是妈妈的选择。我拍着哥哥的后背安慰他，“不是的，你做得很好”。说完我就后悔了。

那天我没去学校。初夏时节，早晨的风还带着凉意。爸爸上班，哥哥上学，家里只剩下妈妈和我两个人。妈妈

23
24

让我想睡就尽情地睡，我就盖上薄被子躺着滚来滚去。妈妈在做紫菜寿司。加入菠菜、胡萝卜、火腿、鸡蛋、蟹肉的完美寿司和水果，妈妈得意地把便当盒拿给我看，然后盖上盖子。

“你说想坐摩天轮是吧？今天就和妈妈一起去坐。”

我开心得要跳起来了。妈妈没有拉我的手，我走在妈妈身边，边走边不停地问要去哪里，为什么是今天，真的可以不去上学吗？我不记得妈妈是怎么回答我的，不过应该是能够说服我的答案。因为我不再疑惑了。

一进公园门口，远处的摩天轮就映入眼帘。平日上午的公园冷冷清清，风渐渐变得温暖。遇到的每位工作人员都挥动双手，热情地迎接我们。我的脚步越来越快。刚开始我比妈妈领先一步，两步，三步，四步，然后越来越远。

我先走到摩天轮前，妈妈转身往售票处走去。她的背影突然让我感觉陌生。五彩的摩天轮转动得很缓慢，却不会停下来。摩天轮以同样的间隔和速度，沿着固定的轨道旋转，要升到很高的地方，看起来是那么遥远。

"妈妈，我们先坐那个。"

妈妈从钱包里拿出几张纸币，转头看着我问："嗯？"

"妈妈，我现在不想坐摩天轮，那个好像更有意思。"

"那个"是什么，我不记得了。那天我们玩了旋转木马、碰碰车和海盗船等普通而常见的游乐设施，然后坐在长椅上吃寿司。最终也没坐摩天轮。妈妈问了好几次，你不是想坐摩天轮吗？真的不坐了吗？坐公交车回家的时候，妈妈的声音里充满了不能简单概括为遗憾的不舍和悔恨，她低声说：

"本来是想让你坐摩天轮的。"

"下次我一定坐，妈妈。"

妈妈没有回答。

不久后，妈妈离开了家。我上大学那年，父亲因为交通事故去世的时候，妈妈回来了。我不知道妈妈和爸爸之间发生了什么。就算有，那也是夫妻之间的事。不论父亲是否活着，我都不想干涉他们。重要的是我和妈妈的关系已经结束了。我在学校附近的考试院租了个房间，哥哥说我是坏女孩。我并不在意。

“哥哥你做你的孝子就好了。”

离开家那天，妈妈对我说的话犹如一只巨大的飞蛾，撒落令人不悦的粉末，随时向我扑来。

“你毕竟是女儿啊。”

那又有什么关系？我想问，但是没有问。我不想给她机会，让她一字一句倾诉心事，请求原谅。我是女儿，那又如何？

坐在轰轰隆隆的 1 号线上，我想着妈妈。试图让女儿坐摩天轮的妈妈，抛下儿女离家出走的妈妈，现在我也到了那个年龄。35 岁。妈妈没有富有的丈夫和孩子，只有工作、钱和独自居住的房子。当时的妈妈多么年轻，我现在才知道。但是，我并没有理解和宽恕妈妈，也不恨她。我只想知道，最后一顿饭的时候，她为什么不肯叫我。

看来游乐园是去不成了。

在公园墓地

妈妈去世了。

哥哥打听到了可以称为“树葬”的近郊公园墓地。走出殡葬车，哥哥家的兄妹俩和姐姐家的老幺一路蹦蹦跳跳。天空像贴上了天蓝色的彩纸，鲜明得无比均匀。我深深地吸了口气，有种复活的感觉。孩子们跑着追着，摔倒了再爬起来，忘乎所以。没有人去追他们，也没有人阻止。一方面是没有那个精力，一方面也是想放任他们自由玩耍。身为成年人，我都觉得这段时间过得很痛苦，孩子们该有多么郁闷。望着孩子们渐渐远去的身影，我感觉像是一家人到郊外踏青。细想起来，我们家还从来没有一起踏青，一起旅行过呢。

走在前面的哥哥回头看着我和姐姐，说道：

“把父亲也搬到这里来吧。这里不错，我们离这儿也近，以后可以经常来看望两位。”

姐姐点了点头。我走到哥哥身边，问他从现在开始可不可以让我拿骨灰盒。骨灰盒理所当然、自然而然地交到了身为丧主的哥哥手里。青瓷图案，画着菊花的骨灰盒其实是用韩纸做的，很容易分解。哦，哦，哥哥迟疑片刻，把骨灰盒递给我。太烫了，差点儿掉落在地。所有的皮肤、肌肉和内脏烧得了无痕迹，连骨头都碎了，当然会烫。

我把滚烫的骨灰盒紧紧抱在怀里，回味着哥哥的话。我们离这儿也近，以后可以经常来看望两位。哥哥，医院比这里更近，那时候怎么不多来看看呢？妈妈是多么想见到哥哥啊。

妈妈用剪刀剪着西葫芦和土豆，说要做大酱汤。我笑着问妈妈在干什么，妈妈认真地回答：

“总是把刀掉到地上，害怕。”

妈妈让我把饭菜和砂锅挪到餐桌上。吃饭的时候，妈妈的勺子和筷子都掉了。一根筷子掉到餐桌下面，我帮她捡了起来。

“去医院了吗？”

“上年纪了，手没力气，腿也是。在家里走走都累。”

“一个人在家的时候怎么吃饭，怎么过？”

“把家里有的菜倒在一起，拌着吃。”

“还让我们每天好好吃饭，你自己都不好好吃。”

那天，我发了几句牢骚就回家了。眼前总是浮现出大酱汤里大小不均的蔬菜和滑落的筷子。我也因为鼠标手综合征而痛苦不堪。我料到不管我怎么打电话催促，妈妈都不可能一个人去医院，于是我请了年假，陪妈妈去了社区整形外科医院，然后去了神经外科，最后去了大学附属医院，才知道妈妈的脑子里长了瘤。

位置很尴尬，不能手术，可以进行放射线治疗和使用抗癌药物。即使接受治疗，右半身也会在不久后彻底失去知觉。我问医生会不会危及生命，医生似乎觉得这个问题不可思议：

“脑子里长了瘤，身体都会失去知觉，怎么可能不危及生命？”

当时医生随口说的一句话，却让我难过了很长时间。每当妈妈睡不着觉发脾气的时候，每当帮化疗之后呕吐的妈妈揉背的时候，每当我帮妈妈换掉湿得软绵绵的纸尿裤的时候，都会猛然想起。我要是知道这些，我就当医生了，还会问你吗？你理解有个挣扎在生死边缘的妈妈的女儿是什么心情吗？这样的话还会脱口而出吗？

哥哥说就算是为了赚医疗费，他也不能休息。嫂子把老二送进幼儿园，自己重返职场。妈妈有三个儿女，当然不想把护理任务交给嫂子。姐姐随着姐夫调去了陌生城市，一个人养育两个孩子，一个 8 岁，一个 5 岁，老大刚上小学，忙得焦头烂额。我没结婚，没有孩子，又是自由职业者，没有人说应该由我照顾妈妈。他们只是反复地说不能让妈妈一个人，说护工终究靠不住，说妈妈还没到住疗养院的时候。

我已经跟客户说了，短期内不能工作，但是没有告诉家人。还不恋爱，还不结婚，现在生孩子都算高龄产妇了，先生个孩子出来吧。要不是你，我们家就没有愁事了。如此种种，我已经听腻了这些话。现在，他们开始觉得庆幸，庆幸有我，庆幸我没结婚，没有孩子，工作不稳定。我不想让他们因此安心。这是可恶的想法，不过我本来就没出息。

“把电视关了。”

“别人在看呢，怎么关？”

“那把声音调小点儿，我睡不着。”

“妈妈，你戴上耳塞好了。”

白天，病房里的其他患者和家属都在看人气电视剧的重播。妈妈彻夜难眠，直到吃完午饭才有困意。妈妈紧闭着的眼皮像是被粘住了似的，缓慢地睁开：

“你到底为什么要留在医院里？你对我一点儿帮助也没有。”

只要稍不如意，妈妈就责怪我。你做的事都是这样，你在这里干什么？你会什么？妈妈本来是个和善而且稳重的人。不知道是因为化疗太痛苦，还是因为对患病的愤怒，或者是因为肿瘤压迫了大脑的重要部位，妈妈渐渐变成了另一个人。我经常说“对不起”。妈妈就会说，“是我对不起你，我是罪人”。

“好吧，你一个人待着吧。”

那天很奇怪，我忍无可忍，任性地说道，然后离开了病房。

我到医院对面的咖啡店买了美式咖啡，要求加一份浓缩。喝一口热气腾腾、香味浓郁的咖啡，感觉呼吸终于通畅了，泪水扑簌而下。那是我护理母亲以来第一次哭。仿佛眼泪本来就满满地盛在身体里的某个地方，一旦迸发流淌，就停不下来。我翻了翻手机，浏览了一遍关于工作的邮件和信息，看看书友会朋友们的SNS阅读后记，搜索只去过一次的烹饪课照片，打开以前想看的音乐剧的视频。胸口好像被什么揪住了，肚子也好痛。因为照顾妈妈而放弃的事情仿佛都在发生氧化，溶化了我的心。手机电池很快没电了，关机，该回医院了。可是我又突然疑惑，为什么要这样做？尽情哭过之后，肚子也饿了，没什么事做，我点了一份面包，翻了翻放在咖啡厅里的杂志，到附近电影院看了场电影，直到晚饭时间才回到医院。

妈妈睡着了，哥哥坐在旁边的陪护床上。病房里所有人的视线都盯着我，但是没有人说话。哥哥静静地起身出去了，我也跟着出去。哥哥说妈妈用床边私人置物箱里的水果刀自残。她左手握刀，刺向右手腕，说要一死了之，幸好手上没力气，只留下一道伤口。邻床护工却因为劝阻她而被划伤了脸。

“伤得不重，只是擦破了皮，贴了创可贴。”

哥哥只说了这些。医院的人肯定一直给我打电话。我的手机关机，妈妈平静不下来，最后翻看资料联系了哥哥。正在工作的哥哥请求公司谅解，驱车一小时来到医院。这期间，事情应该平息了。哥哥拍了拍我的肩膀。

“你受苦了，我能说什么呢，我只是……只是害怕你因此而后悔。”

隔着窗户可以看到我喝咖啡吃面包的咖啡店。我不后悔。我和妈妈争吵，哭闹，互相埋怨，然后和解。一向和善的妈妈彻底垮掉、彻底堕落的样子我都看到了。我给她擦血，擦呕吐物，擦屎擦尿。

“妈妈不是脸蛋白皙、长发飘飘的绝症少女。这不是电视剧，哥哥。”

在那之后，我又和生病而且糊涂的妈妈争吵过很多次。

望着兴高采烈的侄子和外甥，我想象着 30 年后，或者更早到来的最后瞬间。我的身边也许没有家人陪伴，但是我也不会后悔。希望拿着我依然温热的骨灰盒走在这条路上的人端庄有礼，是个动作熟练的人就好了。

第二部

我依然——

年轻，斗争尚未结束

离婚日记

“现在，请新郎新娘怀着感恩之心和幸福生活的决心，向养育了美丽新娘的父母敬礼。”

妹夫高高抬起双臂，双膝跪下，行了大礼。妹妹低着头起身，紧咬着下嘴唇，忍住泪水，坐在前面的妈妈抹了把眼泪。我知道那眼泪有一半，不，也许大部分都是为我而流。妹妹双方父母见面的日子，我在结束一个月的冷静期之后终于离婚了。

*

第一次夫妻吵架发生在蜜月旅行归来，去婆家问安的时候。严格说来不是婆家，而是宗家[1]。自从婆婆提出要去宗家，我就莫名地感到不安。在高速公路上开了两小时到达婆家，然后换乘公公婆婆的车，又走了一小时才到达。婆婆从后备厢里拿出成箱的年糕、排骨、水果和酒，说是儿媳妇买的。其实不是我准备的。婆婆嘱咐我，乡下长辈把食物都准备好了，直接来就行。我说至少要买些酒和水果，婆婆生气地说，“买那些没用的东西做什么”。现在为什么又这样做？

刚到宗家就开始准备食物，我也没时间问婆婆。我正努力端餐盘，突然一位长辈抓住我的胳膊说：

1 所谓宗家指的是从宗族始祖开始，代代均由嫡长子传承延续而来的家庭。——译者注

“你别干活了，坐在这里！”

“对，新媳妇敬杯酒吧！”

说完，那位长辈用食指擦了擦自己喝过的酒杯，往里面倒满烧酒。

“我不会喝酒。”

看我磨蹭不喝，公公向我使眼色，让我快点儿喝。我赶忙接过酒杯喝了下去，一杯接一杯。我很为难，丈夫夺过酒杯替我喝了几次，敬酒总算结束了。接着有人递给我勺子，让我唱首歌。长辈们鼓掌欢呼，包括公公婆婆。我推辞也无济于事。那种气氛，简直是被逼到绝路的心情。胃里翻江倒海，头晕目眩。我说我不会唱，然后逃也似的跑了出来。我跑到村庄会馆前的凳子上坐下，随后跟来的丈夫问我为什么要这样。

“从头到尾我都感觉自己在被人羞辱！妈妈说不用准备答谢礼物，可是她为什么自己准备了？为什么要强迫刚嫁过来的儿媳喝酒、唱歌？究竟把我当成什么？你父母和你为什么不阻止？”

“你怎么这样说话？都是乡下人嘛，觉得你可爱，喜欢你才这样。”

“我们蜜月旅行回来，我父母准备了一顿可口的饭菜。你静静地坐着吃完，休息一会儿就出来了。你不觉得你们家和我们家区别太大了吗？”

“嫂子当时也喝了一些酒，也一起唱了歌。你为什么就和别人不一样？对不起，真是的，因为我是没有教养的乡下人！”

我打电话叫出租车去了附近的客运站，回到首尔的家。我以为这段婚姻算是结束了，不料丈夫跪在我面前，求我再给他一次机会。

在那之后，丈夫也没有发挥他的作用。公公婆婆的态度更加强硬，仿佛这个儿媳妇本应该被赶出家门，他们却对我网开一面。虽然后来不用再去宗家了，但随时都要召唤我去公公婆婆家。每逢过节和腌泡菜季，公公婆婆、丈夫、大伯的生日，公公退休仪式，婆婆腰受伤的时候，我都要去做饭，筹备活动，伺候病人，料理家务。我累得骨头都要断了，却只能在最不舒服、最冷的地方随便吃几口饭。即便这样，公公婆婆还总是责备我，说我不爱笑，说我不会亲切地跟他们说话，回答问题太慢，目光不够和善。丈夫则每次都是只负责吃准备好的饭菜，躺着看电视，晚上出去跟朋友们玩儿。每次回到家，我们都会争吵。

“你不是说再给一次机会吗？这就是给你机会的结果吗？”

“我在家里不是做了很多吗？洗衣服、打扫、洗碗，我不都做了吗？说实话，哪有像我这样分担家务的丈夫？你上夜班、聚餐、出差、跟朋友喝酒很晚回家，我说什么了吗？”

“那我呢？我不做家务吗？我对你说什么了吗？我做这些都是理所当然，你做就了不起了吗？我只是叫你在我身心俱疲时，不要袖手旁观。”

“只是去我们家的时候忍一忍，又不是一起生活。父母还能活多少年？”

“像现在这种情况，三四十年可能都不止。到时候我也 60 岁了，都成老太太了。”

跟已婚朋友们聊天，类似的故事层出不穷。已婚女人大部分都是这样生活吗？即使这样也不结束婚姻？真的吗？难道我不正常，我太敏感吗？我不停地折磨自己，越来越无力。

某个周末，公公婆婆事先没打招呼，带着做清炖章鱼的材料来到我家，说是为我调理身体。婆婆逐一打开橱柜抽屉，连冰箱冷冻室角落里的黑色塑料袋都打开看。她一边检查每个调料罐，一边咂舌叹气。最后把外卖送来的小菜哗啦倒进垃圾桶。

“别的我都可以忍，唯独见不得吃外面买的小菜。你知道它在哪儿，用什么材料，怎么做出来的吗？”

“在哪儿，用什么材料，怎样做的，上面都写着呢。”

“你相信吗？”

“都是信得过的食物。我们俩都下班晚，不可能每次现做。”

“不，我不相信。他一个人住的时候，我每周来一次，把小菜做好。煮三四种汤，放在冷冻室里冻上。这种食物绝对不能吃。要不然还是继续这样吧。如果你不愿意和我碰面，我可以趁你们平日上班的时候来，做完饭就悄悄离开。你告诉我门禁密码。”

我想，我应该先让婆婆冷静下来。

“不用了，妈妈，我来做。”

“我知道你们忙，我这么说不是要怪你。只有这样，我的心里才舒服。”

“我会做的，妈妈，以后我不买小菜了，对不起。”

“对不起。”说出这句话的时候，我的眼泪都快流出来了。我有什么对不起婆婆的？就因为让她尊贵的儿子吃外卖小菜？此时此刻，默默旁观的人是谁？是我的丈夫吗？是婆婆的儿子吗？太多思绪蜂拥而至，我失去重心身体摇摇晃晃，丈夫拍了拍我的肩膀。

“好了，我们让妈妈做吧。”

“什么？”

“你不是没时间做菜吗？妈妈的意思只是像我结婚以前那样。其实我也吃不惯外卖的小菜。妈妈做完就走，谁都没有不便，也都没有损失，不是吗？”

看着丈夫毫无恶意的明朗表情，我的心骤然下沉。这就是我下决心要和他结婚的男人吗？这就是那个热情、讲道理、聪明、彬彬有礼的男人吗？我让公公婆婆回去，但是婆婆说材料都收拾好了，坚持做完清炖章鱼才走。我不肯吃，丈夫自己吃了。如果婆婆不做清炖章鱼，如果丈夫不吃，我或许不会想到结束这段婚姻。

听我说完，父母拍拍我的肩膀。妹妹也说，你回来得对。好久没和妹妹躺在同一张床上了，妹妹说：

“姐姐，我接受了求婚，五月份双方家长见面。”

“啊，是吗？太好了。”

随后是短暂的沉默。

“姐姐，我要不要结婚呢？结婚是什么？值得尝试吗？

如果你说不让我结，我现在就停下来，不会追问理由。”

结婚是什么，值得尝试吗？我试图回想和丈夫一起度过的幸福时光，意外地只记得几个画面。经过长时间商量而选择的餐桌上的相框，看完同一部电影发表截然不同的意见，晚上散步途中吃的三角饭团和大碗泡面，为我举行的升职派对……我劝妹妹结婚。

“结婚吧，还是开心的事情多。不过就算结了婚，也不要想着成为谁的妻子，谁的儿媳，谁的妈妈，就做你自己。”

这并不容易，不过我没有说。就这样，我在办理离婚，妹妹准备结婚，我和妹妹的事情都顺利结束。我知道这不是结局，故事即将重新开始。

结婚日记

“现在，请新郎新娘怀着感恩之心和幸福生活的决心，向养育了美丽新娘的父母敬礼。”

丈夫高高抬起双臂，双膝跪下，行了大礼。我低着头起身，感觉自己好像要掉眼泪，深深咬住下嘴唇。妈妈低着头，匆忙抹了把眼泪。大女儿离婚，小女儿结婚，妈妈心平气和地同时做着这两件截然不同的事情。此刻已经成为丈夫的男朋友向我求婚那天，姐姐回家了。

*

姐姐右手拿的不是大大的行李箱，而是个小钱包。看上去就像是到家门前的便利店买大碗面。姐姐说要离婚，再也无法和姐夫生活在一个家里，一天也受不了。我感觉很不真实。

姐夫和姐姐是同一年进入公司的。他有能力，彬彬有礼，认可姐姐的成就，真心为姐姐祝福。姐姐在公司内部的大奖赛中获得冠军，在同批进入公司的员工中最早进行独立项目运作。看到公告的姐夫欣喜若狂，可是在公司里又不能表现出来。等到下班后，他去练歌房打开伴奏放声高呼，嗓子都喊哑了。他会先读姐姐的报告书，一起思考，提出自己的建议。秘密恋情进入第三年的时候，姐姐换了公司。那年秋天，两个人结婚了。

后来，我从姐姐那里听到的关于姐夫的事情就很荒唐了。姐夫为什么要带姐姐回宗家呢？为什么要让姐姐喝酒，让她唱歌？我想起进公司后的第一次聚餐。我是新员工，年纪最小，别人让我做什么都无法拒绝。前辈们劝我喝酒，让我唱歌。我不情愿地喝了酒，唱了歌，却感觉到忍无可忍的羞耻。回到家里哭了整整一夜。我能理解姐姐的心情。不过，姐姐应该一言不发地从亲戚长辈齐聚一堂的宗家夺门而出吗？姐夫和姐夫的父母该有多尴尬？在这两种想法之间，我无法轻易做出判断。

双方父母见面后，我们正式进入筹备婚礼的阶段。婚礼大厅的位置、规模、时间、仪式程序、婚房的位置、结构和面积、家具、家具的搭配和摆放、蜜月旅行的日期和天数、场所、费用……需要和男朋友商量，共同决定的大大小小的事情太多了。我们经常出现明显的意见分歧，这种时候我们努力不让彼此的心也出现分歧。我们没有激烈地争吵过，可是两个人都很累。

竭尽全力拍完婚纱照的傍晚，男朋友在通话快结束的时候小心翼翼地说：

“今天拍照时朋友们给我们拍了照片，我给爸爸妈妈看了，他们说儿媳妇太漂亮了。”

“替我谢谢他们。”

“嗯，嗯，还有……婚礼那天尝试一下别的风格，多样一些好不好？因为你穿什么都漂亮。最先试穿的礼服如何？有领子那件。”

拍婚纱照时的主礼服是一件露肩连衣裙。原来是因为露得太多长辈不喜欢啊。婚礼上穿的美人鱼婚纱不仅更多暴露肩部，从胸部到大腿也都是强调贴随身体曲线流动的设计。“别的风格”“多样一些”“穿什么都漂亮”，这是长辈们的想法，还是男朋友的想法呢？

第二天吃午饭的时候，我向已婚同事们问起这件事，她们说这才是开始。

“婚礼会有很多长辈在场，礼服是不是露得太多了；窗帘还是金色最好；被子不要选亮色系；就这么几个碗吗；有的还要求知道门禁密码。一来就把衣柜、橱柜和冰箱门全部打开，有的婆婆连内裤怎么叠都要管。”

我想起姐姐说过的话。姐姐的婆婆也把冷冻室的塑料袋都打开看，把小菜全部扔掉。姐姐最难忍受的是姐夫根本没有意识到问题的严重性。那时我还不动声色地站在姐夫那边，期待他们和解。

“姐夫有点儿不会察言观色。”

“不会察言观色也是一种权利。”

姐姐说得对。不会察言观色意味着没必要看别人的脸色。可是，一定要这样解读吗？做错事的是姐夫的父母，而不是姐夫。姐夫只是在某个时刻脑子缺了根弦儿。人到了掌管家庭的年龄，脑子仍然缺根弦儿，难道这是自然而然的现象吗？我有时也感到疑惑。男人长大了也还是孩子，一辈子都长不大，这种话我听得多了。我也觉得这种说法理所当然吗？一边无奈地看着陌生长辈慢慢介入自己的生活，一边埋怨丈夫不懂事吗？不会的。关于礼服，拐弯抹角的人不是长辈，而是男朋友。我相信。因为他是懂得察言观色，有眼力见儿的人。

清晨，我给男朋友打电话，说我把婚礼上的婚纱改成了带中式衣领的礼服。婚纱店里，男朋友和双方老人都称赞我。只有一个人，那就是姐姐，她表示遗憾。

“这是你的婚礼，穿婚纱的人是你，你满意才是最重要的。”

我说我也满意。丈夫、家人、宾客们都觉得舒服，才算是好的婚礼。大家都称赞我，这就够了。我在心里忍不住想，姐姐就因为这样丝毫不肯妥协，所以才导致了婚姻的失败。

距离婚礼还有一个月，家具、家电、寝具等大件都搬进了新房，然后抽空购置小物件。婚礼前一周，我们决定从家里搬来各自的衣服和书。

听说房子收拾好了，婆婆说想来看看。买房和购置家具的过程中，婆婆完全没有干涉，所以我毫无压力地跟婆婆约好了时间。婆婆走进新家，我还是紧张得口干舌燥，一笑嘴唇就裂开。婆婆像慢镜头似的缓缓地走着，观察每个角落。眼神非常认真，但是没有用手摸，也没有打开关着的门，盖着的东西没有掀开，连沙发都没坐，就说看完了。

“真漂亮，你们辛苦了。”

我的紧张感消失了，正要松口气的时候，婆婆补充了一句：

“客厅的灰色窗帘，应该换一下。客厅里不能挂这么暗的窗帘。外面的气息通过这扇窗户进来，如果挡住的话，运气也会被堵塞。我买一套送过来，金黄色的。”

我立刻想起了同事的话。礼服是不是露得太多了；窗帘还是金色最好……眼前猛地一闪，白花花的，什么都看不见。这真的是开始吗？我又是惊恐，又是疑惑，但是没说不愿意。这不单纯是窗帘颜色的问题。

最后，我决定穿我原来选定的美人鱼礼服。见我改变主意，婚纱店经理说我做得对。

“其实我是因为婆家不喜欢才要换的。”

“自己选好了，却在试穿的时候改变款式，大部分都是因为暴露太多，因为老人不喜欢。不过还是要穿自己想穿的，只有这样才不会后悔，毕竟婚礼一生只有一次。”

“上次我打电话说要换款式的时候，您为什么说我想得对？”

“只有这样，新娘的心情才会舒畅啊。”

“干涉婚纱样式的老人多吗？”

“一起来选婚纱的老人非常多。老人挑选的婚纱，有的准儿媳一脸不情愿地说，好的，好的，然后自己再来试穿。还有的新娘让我说谎，就说婆婆挑选的衣服坏了。反过来也有婆婆说她会出钱，让我们偷偷在新娘的衣服上加袖子，什么情况都有。”

试穿结束，我和男朋友去喝咖啡。两个人都默默无语，最后是我先开口：

“我一定要穿那件婚纱，还有你最好知道，我并不是讨厌金黄色窗帘。我以后也会这样说出来，会明确地说我讨厌什么、我不想做什么，而且不是因为别的原因，单纯就是因为我不想打电话、不想做饭、不想洗碗。”

“明白，你怎么样都对。”

准备婚礼的过程中，我总是想起姐姐的话。不要成为谁的妻子，谁的儿媳，谁的妈妈。我要作为我自己而活。

孕妇故事

大家好，我是宋芝善。现在怀孕 9 个月，预产期是 17 号。年龄，哈哈，今年 38 岁。

等一下！对不起，我可以去趟卫生间吗？孕期最后一个月去卫生间特别频繁。对不起。

是的，现在好了，可以重新开始了吗？看着这里说就可以吧？好，我知道了。不过我太紧张了。真的吗？哈哈哈，不是的，我现在抖得厉害。

这是我的第一个孩子。人们都说我是高龄产妇。不过，我最近经常登录妈妈俱乐部网站。年轻妈妈的确不少，但是和我同龄的也很多。其实呢，我并不觉得自己年纪有多大，只是身边的人们总是让我小心，这让我有点儿担心。保健所发给孕妇糖耐检查和唐氏筛查的优惠券。啊，每个保健所关注的项目会有所不同，叶酸、补铁剂都会分发。我贴在车上的“车里有婴儿”的贴纸和现在佩带的孕妇徽章都是从保健所领的。还有超声波检查和畸形筛查，检查项目有很多。有的保健所是有条件提供，有的保健所是发放优惠券，到附近医院做检查。我们这里的保健所会为 35 岁以上的高龄产妇提供优惠券。高龄产妇的标准是 35 岁吗？还是我们保健所的标准？

分娩准备差不多做好了。妈妈俱乐部里有很多入院清单。有人上传了excel文件，我下载了。朋友当中，有的孩子已经上幼儿园或小学了，我把下载的文件放在聊天群里，让她们帮我看一看，如果有用不到的东西，可以送给我，所以得到了很多婴儿床、婴儿车之类的大件。有的是前面贴有“国民”标签的用品，就像国民主持人、国民小妹，只要是婴儿都会喜欢的东西，国民摇椅、国民游戏屋、国民床铃、国民毛毛虫，都是朋友送的。啊，毛毛虫不是真的毛毛虫，而是做成毛毛虫形状的布艺玩偶。还有和尚服、内衣、连体衣、袜子，这些也收到很多。除了这些，还有很多需要买的零碎用品。体温计、温湿度计、浴盆、指甲刀，因为不知道能不能母乳喂养，所以还要准备奶瓶、吸奶器、母乳储奶袋。哺乳文胸和喂奶衣各买一件，纸尿裤和奶粉也买了一些，还买了儿童专用的洗发水、香皂、护肤霜。啊，还有安全座椅、婴儿背带、被子和襁褓巾。

这是一笔很大的开销。虽然我尽可能用别人给的东西，经常和丈夫去婴儿用品展销会或清仓大甩卖的卖场，挑选价格便宜的商品，不过还是要花很多钱。朋友们劝我买温奶器和奶瓶消毒器，以后还要买辅食餐具。据说育儿就是要靠各种各样的装备。我也听朋友们说了。现在的婴儿没有一起生活的姨妈、舅舅帮忙背，也不能敞开门和邻居自由来往，从早到晚都是妈妈一个人照顾孩子，只能借助装备的力量。

现在我还不知道为什么开心。对于没有见过也没有摸过的小婴儿，我并没有觉得漂亮可爱，母爱泛滥。这是实话。不过，这的确是其他任何事情都无法取代的宝贵经历。在这 10 个月里，我用我的怀抱安全而负有责任感地孕育着一个生命，带他来到世界。我从来没有和另一个人有过如此紧密而迫切的联系。感觉到孩子在体内伸展、蠕动的时候，我会有种难以形容的兴奋。

痛苦的地方，嗯，首先是身体比想象中更不便了。我的早孕反应持续了很长时间，从怀孕初期就腰疼，消化不好，严重便秘。怎么会这么痒呢？腹部、面部痒得都要发疯了。随身带着止痒霜，在公共卫生间里使劲往身上涂抹。您也看到了，我脚上的运动鞋是丈夫的。脚浮肿得厉害，鞋子穿不进去。种种情况，状态总是非常糟糕。

当然这些都不算什么。嗯，怎么说呢？这个世界讨厌怀孕的女人。是漠视，还是嘲笑？现在出生率下降，国家都在鼓励生孩子，你怎么还这么说？还有那么多补助项目呢？肯定有人会这样说。其实不是的。我大着肚子坐过公共交通工具，走过街头，去过饭店，也上过班，所以我很清楚社会有多么讨厌怀孕的女人。我只有两次被让座的经历。我不指望有人让座，可是只要站在别人面前，对方就会露出不耐烦的表情。反正我从来没见过孕妇专座空着。怀孕初期，有一次因为腰疼而坐了老弱病残专座。有位老爷爷就使劲用手推我。我只好亮出孕妇徽章，说我怀孕了。老爷爷大声呵斥："那怎么了？怀孕怎么了？"还能怎样，我只好把座位让给他。地铁里有老弱专座的文字标识，不过偶尔能看到孕妇和儿童的图案上被画 X 标记的情

况。真的很可怕。因为我就像图上那样挺着大肚子，所以感觉受到了威胁。

我真搞不懂他们为什么都喜欢发牢骚。“你怎么那么胖，要多运动，衣服太紧了。”吃得多说你乱吃东西，挑食的话又说你吹毛求疵。我肚子里怀的是儿子。听我这么说，人们都说现在这年头还是应该有个女儿。有个后辈怀了女儿，经常听人说应该有个儿子。无非是想发个牢骚。还有，为什么要冷不丁地摸人家的肚子呢？是的，真的有！婆婆、小姑子、小区里不认识的老奶奶，公司前辈都会伸手来摸。感觉我的身体变成了公共财产。啊，现在想起来还是心情不爽。真的，仿佛要做妈妈的人，就可以被随意对待。

啊，休假？我们公司是个不知名的小公司，到目前为止还没人休过育儿假呢。生完孩子不休息，直接回归，否则就准备辞职吧。我打算从本周开始休产假，再休一年的育儿假。其实我想早点儿休息，为分娩做做准备，一个月前就提交了请假条。可是组长把我叫去，问你这么早就要休息吗？他说第一个孩子的出生通常会晚于预产期，让我工作到下周，工作到下次活动，工作到下次研讨会。我肚子都这么大了，还要在展会上站展台，出去跑业务，参加两天一夜的研讨会。这些我都凭借好胜心完成了。我每天都去找组长签字。这回他说："如果你休一年的育儿假，那么以后能不能回到原来的位置，我不敢保证。你想想，假如你是社长，你愿意给不干活的人发工资吗？你愿意继续和这样的人共事吗？"他还说，他这么说都是为我好，年假、月假加起来，可以让我休息一个月。

我在网上查了，产假和育儿假是强制性法规，工作单位不能拒绝，不能提出附加条件。像我这样的业务骨干提出申请，应该无条件批准，违反规定者要被拘留或罚款。我带着打印出来的资料找到组长。组长说，那就罚款好了。那么以后谁还会聘用女性？我的眼泪忍不住夺眶而出。于是，我给所有职员发了邮件，给理事、社长也发了。是的，就是报道中的那封邮件。也许是有的职员发到了自己的SNS上，被人们扩散出去，还上了新闻，发展到这个地步。

哎哟，别提了。我听到了太多骂声，什么丢公司的脸啊，难道全世界就你生孩子啊！你休假的时候，谁来干你的活儿？好自私！等等。当时我受到严重刺激，导致宫缩、流血，进了急救室。不过我也收到了很多“深有同感”“支持你”之类的回复邮件。尤其是未婚或新婚女性更认同我。总务部有位女课长，她像对待自己的事情一样为我挺身而出。课长说她就是生完孩子一个月就回来上班，现在浑身没有不疼的地方，她不想让其他职员也走自己的老路。是的，对，就是接受电视台采访的那位。她是怀着辞职的念头接受采访的。最后，我的请假条在一个月之内经过组长和理事，得到了社长的批准。

我这么做并不是为了得到赞美。事情闹得这么大，我也有很大压力。毕竟以后回来上班还是要和社长、理事、组长见面。同时我也觉得，既然这样曝光了，他们应该不会炒我鱿鱼。现在是什么年代了，还会因为结婚生孩子而不能上班，不能休育儿假？是的，社会还是这个样子。很多公司都是老样子。一年后，如果我能顺利复职，那么我就是我们公司育儿假第 1 号。一旦出现第 1 号，我想以后就会有第 2 号、第 3 号、第 4 号。

是的，现在没有什么想说的了。该说的好像都说完了。

视频？给丈夫？不，我不想弄这个。

是的，我知道了。谢谢，辛苦了。

妈妈一年级

智慧今年38岁，是一家外国金融公司人事组的次长。女儿刚入小学，职场生活12年，迎来了严重的危机。

早晨6点30分，智慧是一家人中起床最早的。她从冰箱里拿出米饭加热，加入炒鳀鱼和紫菜，做成寿司。她几乎不做早饭，哪怕像这样简单的食物。更多的是用事先买来的粥、吐司和年糕充当早餐。智慧换衣服、化妆的时候，丈夫也起床了，做着上班准备。

爸爸妈妈忙碌不休的声音吵醒了 8 岁的瑞妍。她起床揉了揉眼睛，坐到餐桌旁。每天只有这个时间，一家三口可以一起吃饭。智慧和丈夫本来不吃早饭，但是丈夫经常出差和加夜班，常常见不到孩子。从两年前开始，他们决定三个人一起吃早饭。

早饭快要吃完的时候，孩子外婆来了。

"妈妈，今天瑞妍要带文件夹，我昨天下班太晚没有买。你到学校门前的文具店里买一个，写上名字。笔筒里有签字笔，一定要写上名字！瑞妍，今天你有体育课，要穿长裤！不要再缠着外婆穿连衣裙！洗漱的时候把眼屎擦干净，记住了吧？"

整理好衣服，拿起包，智慧一边穿鞋子一边继续嘱咐。母亲推着智慧的后背。

"你自己好好上班吧。不要又返回来说忘了拿钥匙，忘了拿证件。"

除了生瑞妍时休了三个月产假，智慧再也没有休息过。新手妈妈阶段，她会因为瑞妍生病，或者看着瑞妍独自留在幼儿园的身影而落泪，现在她已经锻炼得不会因为小事伤心和愧疚了。瑞妍上小学后的一个月，智慧感觉每天都像在接受极限训练。孩子很稳重，小学生活颇为顺利，反而是妈妈需要时间适应。

3 月 2 日入学仪式，智慧和丈夫都请了一天假。活动只用了一小时，下午他们一起在外面吃饭，准备开学用品。明天需要带水杯、室内鞋、三支铅笔、橡皮、12 色彩铅、24 色蜡笔、素描本、湿巾、抽纸、文件盒，下周一之前要准备好 15 厘米尺子、12 色马克笔、签字笔、剪刀、胶棒、彩纸、小扫帚和簸箕套装，写好名字。凡是有盖的用品，都在盖子上写好名字，带到学校。超市里的文件盒和笤帚套装卖完了，他们又去学校门前的文具店采购，然后三个人坐在一起，往学习用品上贴姓名贴。幸好小区里的妈妈提醒说，三月份快递会推迟，要事先买好姓名贴，否则智慧根本不知道还有姓名贴这种东西。那天，智慧感到莫名的兴奋和幸福。

第二天，她请了一上午假。早晨 8 点 30 分开始，教务处按先后顺序接受放学后的课程申请。瑞妍要在放学后参加托管，比起一直待在托管教室，要是能在学校里听听美术或科学实验课程，下午就不会那么无聊。为了早早排上队，智慧 7 点钟离开家门。她还觉得自己是不是太小题大做了，走到校门口一看，很多戴着帽子的妈妈都在小跑。智慧也跑了进去。队伍已经排了很长，从三层教务室经过走廊，经过楼梯，直到二层走廊。英语课已经报满了，美术、科学实验、汉字课还可以申请。瑞妍不理解妈妈的想法，哭着说不喜欢学汉字。

第二周有新生家长说明会，智慧没有参加。瑞妍幼儿园同学的妈妈拍下写有校历、学校活动、学校生活注意事项的说明手册，通过聊天软件发给她看。

第三周举行公开课和家长会。公司前辈说，到了三年级，参加活动的家长连一半都不到，但是看不到自己的妈妈，孩子会很失落，所以一年级还是应该参加。看人脸色过一年吧。智慧这样想着，又请了一天假。孩子们像青蛙一样，也不管上不上课，也不管教室里有没有大人，到处跳来跳去，叽叽喳喳，说说笑笑。智慧觉得小孩子们没有跑出教室，没有躺倒在地，就已经很乖，很神奇了。学生们逐一到教室前面做自我介绍，说自己以后想要从事的职业。轮到瑞妍的时候，大概是因为太紧张了，她身体摇摇晃晃，用孩子特有的语调说：

“我——喜欢——画画——长大以后——我想——做一名——设计师——”

啊，原来瑞妍想做设计师，以前都不知道呢。她的确喜欢画画，可是没想到她竟然知道这种具体的职业名称。智慧心里生出几分奇妙的感动，庆幸自己今天来看了。

家长会上，首先听班主任老师简要介绍班级运营计划，然后选定了两名班级代表和负责在上学路上指挥交通的七名“绿色妈妈”。志愿者中只有四名“绿色妈妈”，还需要再选五人。妈妈们都低着头，生怕碰到班主任老师的目光。老师用略带威胁的语气说，“这样下去谁都回不了家”，然后挨个叫名字。智慧也被老师点到了名字，但是她说要上班，做不到，跟老师说对不起。最后是心软的妈妈们主动报名，总算凑够了人数。老师连说对不起，低头表示感谢。智慧感觉很郁闷，不知道老师和妈妈们为什么要互相抱歉，互相感谢。

第二天，智慧和同事一起喝咖啡，聊起前一天家长会的事。一名家有小学生的前辈妈妈叹了口气：

“你们这所学校还算好的呢。我们孩子学校的图书馆志愿者、治疗师志愿者、学校附近有害设施监督志愿者，都让妈妈们来做。把孩子交到学校手里，我们就是罪人呀。”

在旁边听着的部长咂着舌头说：

“妈妈们太疯狂了。我老婆一次也没参与这些事，我儿子上学也上得好好的，已经高三了。”

说我太疯狂？没有任何报酬，白白付出辛劳的妈妈们太疯狂？不说谢谢也就算了，为什么要骂妈妈们？智慧气愤地问道：

“部长，那您知道儿子现在是几班吗？”

部长回答不上来。下一周是家长咨询会，又要请假，智慧不好意思找部长签字，想只打个电话。只请半天假，去一趟学校。其实，每次请假都要费很多精力协调时间，还要值夜班和周末加班。但又不是每天都这样，年初参加两三次子女的公开课或者咨询会，也不是什么错误。如果公司不允许有孩子的家长投入这么点关注和时间，那就只能换公司了。连自己孩子在几班都不知道的部长和认为女儿学校的活动都是老婆分内事的丈夫，他们应该有所改变才对。智慧和丈夫约好，二年级的咨询要由丈夫去参加。

教练把皮球倒出来，哗啦啦散落一地。

“女生投右侧篮筐，男生投左侧篮筐。来，开始！”

“哇”的一声，孩子们开始不顾一切地投球。这是为生日在三四五月份的孩子们举办的集体生日派对。经过群里投票，决定每三个月为孩子们庆祝一次生日，同时也是游乐时间。第一次聚会通知“场所——白虎跆拳道场”的时候，智慧以为班级代表妈妈写错了，后来才知道现在的跆拳道场经常举办生日派对。教练准备的游戏很有趣，还可以尽情享用美味的炸鸡和比萨。瑞妍很开心，一遍又一遍地问自己的生日派对是什么时候。

做家长远比预想的更苦更累，但也没有像担心的那样孤独和寂寞。班级代表妈妈每天把通知单拍照，发到群里，其他家长在下班前就可以了解作业和需要准备的物品。课程表也好，准备物品也好，有不明白的都可以到群里提问，家有高年级兄弟姐妹，熟悉学校生活的妈妈可以回答。咨询日那天，老师无意中的一句话也给了智慧以安慰。智慧说瑞妍还不识字，也没有提前学过数学，不会用筷子，细数着女儿的不足，然后又莫名其妙地补充了一句，“我在上班”。老师笑着说：

“我也是在学校上班的同时养育一对儿女。”

学校行政方面存在不合理的部分，仍然需要家长们免费提供服务。公司业务量太大，根本不会为养育小孩子的职员考虑。丈夫理所当然地认为育儿是妻子的责任，社会把孤军奋战的妈妈们视为“太疯狂”。即便如此，妈妈们还是互相帮助，竭尽全力做好自己的本分。智慧认为需要改变的不是妈妈，而是丈夫、学校、公司和社会。

瑞妍说她在托管教室交了好朋友。

总之，春天真的如期而来了。

好运的日子

敏贞是一位上班族，结婚 5 年了，去年秋天续租了现在的公寓，算是半放弃了购房的计划。

下班回家的电梯上，敏贞遇到了同龄的隔壁女人。她说自己刚刚签完重建公寓的购买协议，敏俊妈妈要是有兴趣的话，可以去参观一下样板间。

敏贞摇着头说："去年秋天提高了担保金，住宅预购存折里的钱都用光了。我们哪有钱买房子啊！”

“这个是以合作社员的身份购买的，不需要预购存折。距离入住还有五六年时间，只要在这期间努力赚钱就行了。我们继续做邻居吧，怎么样？”

她还说，负责签约的课长办事能力很强，如果需要，可以介绍给敏贞。面对邻居的这番好意，敏贞稀里糊涂地预约了周六上午十点全家人一起去参观样板间。

丈夫锡俊很不情愿：“敏俊能那么早起床吗？你最近早孕反应强烈，不能去人多的地方，而且我周末也可能加班。”他列举了一大串不能去的理由。然而周六早晨，敏俊早早起床，神清气爽。敏贞的早孕反应也突然消失了，一碗米饭吃得精光，锡俊公司也没有事，不用去加班。

一家人赶到时，前面已经有 20 多人在排队了。听说有预约，职员把敏贞一家带到入口处。一名排队的老人使劲敲着玻璃门喊道：“为什么插队？难道这也要走后门吗？”

“他们是有预约的。刚才我跟您说了，如果不想等，可以先预约，下次再来。”

“我疯了吗？为什么要来两次？你觉得我活不到入住的时候吗？我会活到一百岁！”

“是的，是的，老人家，您一定会长命百岁。请您再稍等一下。”

经过混乱的等待队伍，他们来到一层。夫妻俩心中暗自得意。出现在面前的课长身上散发出典型男性化妆品的香味，问他们想要多大面积的公寓。敏贞随口回答说 30 坪[1]左右。课长点头，指了指样板间所在的二层。课长、敏贞和锡俊并排上了楼梯，锡俊怀里还用婴儿背带抱着敏俊。楼梯很陡，敏贞感觉小腹有点儿紧绷，可是上下楼梯的队伍宛如传送带，分别以固定的速度移动。既不能停下来，也无法脱离队伍。

已经有四组家庭在看样板间了，敏贞一家也加入进去。课长以自豪的口吻介绍着样板间：“这是 27 坪的，和

1 相当于 100 平方米。——译者注

34 坪的户型一模一样。打通了两个小房间，用开放式书柜代替墙壁。卧室和阳台都扩大了。户型非常好。其实，三口之家住 27 坪就足够了。”

敏贞一家怯生生地跟在课长身后。其他客人却不一样，他们毫不拘束地在样板间里昂首阔步，打开抽屉看看，在床和椅子上坐坐，还用沾了口水的手指揉搓壁纸，对看上去像是工作人员的人提问之后，又互相交流感受。

这是通常在美容院的杂志上才可能见到的房子，高光泽度的壁橱、大理石面板的橱柜、爱尔兰餐桌、原木电视柜和置物架，这些应该算是标配。敏贞觉得一定要安装开放式书柜，而锡俊则想着应该铺同样图案的餐桌布。虽然算上腹中胎儿共有四口人，不过 27 坪好像真的足够了。看着阳台窗外的夕阳，敏贞和锡俊莫名地心潮澎湃。

夫妻俩自然而然地走进楼上的办公室，坐到了洽谈桌前。旁边桌的老夫妇在问什么时候可以拿到预售许可权，旁边的中年男人问他和别人共同购房，那么自己是不是占有二分之一的面积，也就是其中一间？反正都是些听不懂的问题。

课长把写有“合作社员加入申请”的文件放到桌子上，说道：“每坪价格是2000万，这样想就可以了。跟周围房子的市价比起来，算是相当便宜了。重要的是，这里是银星小学的学区范围。因为是合作社员公寓，所以距离入住还有段时间。这也是唯一的缺点。不过你们看一下，入住以后你们的孩子正好可以就读银星小学。马路对面的宇星公寓都是分到银一小学的，住宅区的朝鲜族孩子都去银一小学，知道吧？”

敏贞在想五年时间能攒多少钱，还能贷到多少贷款，而锡俊却把身体倾向课长，问道：“真的不需要预购存折吗？”

“当然，这是以合作社员的名义购买的，不同于普通的商品房，连单元号和门牌号都可以指定。对了，成为合作社员是有条件的。申请人必须是户主，在首尔居住6个月以上，34 坪以下的住宅最多只能有一套。这些条件你们都符合吗？”

当然符合。锡俊是户主，出生于首尔，一辈子生活在首尔，一栋房子也没有。正好一位预订了 27 坪户型的顾客换成 34 坪，第一天最早售出的黄金楼栋黄金楼层空出来一套。课长多少有些骄傲地说，这是他的客户，所以只有他知道这个信息。

“两位运气真好。”

课长在申请书上写下 203 栋 1503 号，继续解释说：“定金是房价的 10%，也就是 5500 万元。现在交 2000 万，一个月后再交 2000 万，再过两个月后结清剩余款项就行了。今天只需要交 2000 万元。”

今天，只需要，2000 万……可是没有。原来的抵押金中就有 5000 万是贷款，去年秋天抵押金提了 8000 万，他们把储蓄金和购房存折都注销了，另外又申请了 3000 万贷款。现在交 2000 万，一个月后再交 2000 万，三个月后又要交 1500 万，他们没有信心筹到这么多钱。敏贞环顾四周。这里的人们都能立刻拿出2000万吗？不是2000，而是2000万？

就像找对位置的拼图，一切都正合适。公寓面积和户型、位置、入住时间都很好。合作社员的资格也具备。可是不能签约。为什么没想到需要定金呢？敏贞和锡俊脑子里都在想着同样的问题。想来也是，怎么会一大早运气就这么好。

她们的养老对策

我是一名律师，在瑞草洞经营私人律师事务所，最近接手了一项免费法律咨询。

互相知道电话号码，但这是第一次通话。看着来电姓名显示的“姜敏雅”三个字，我想了一会儿，姜敏雅？哪个姜敏雅？敏雅姐姐？

“很忙吧？可以通话吗？”

“没问题，今天我休息，请讲。”

“啊，这样啊。我是不是打扰你休息了呀。我想咨询一些事情，但是我认识的律师只有你一个，哈哈。”

我正在开车。早晨7点30分参加早餐聚会，然后去拘留所会见当事人，路上接到了电话。为了让对方可以放心说话，我谎称自己在休假，没想到姐姐反而因为妨碍我休息而抱歉。我们认识将近20年了，彼此间还是这样毕恭毕敬。或许就是因为我们太过于为对方考虑，所以才没能更进一步交往吧。

前不久，敏雅姐姐的恋人生病，她遇到一些为难的问题。

“想来我也40多岁了，应该准备这些事情了。你帮我解答也行，或者有这方面的专业律师介绍给我也可以。”

姐姐邀请我们社团所有成员参加她的乔迁宴，那已经是10年前的事了。那时候我在准备考试，许多聚会都没能参加，不过她的乔迁宴我还是去了。老旧的公共住宅公寓，外墙上布满又长又深的裂纹，摆满客厅一侧墙的大小不一的书籍，窄长的茶几，放在茶几上的花束和小相框，相框里姐姐和恋人面对面灿烂笑着的照片……那些场景清晰地浮现在眼前。那天我喝醉了，最后还哭了。姐姐的恋人问我为什么突然哭了，我说你一定要让敏雅姐姐幸福，不许分手，胡说八道一通，然后扑在姐姐怀里睡着了。我记得在睡梦中听到姐姐说，她可能是学习太累了。

敏雅姐姐的恋人像往常一样上班，和同事出去抽烟时觉得胃不舒服，就直接回到办公室。旁边的同事说："这么快就回来了？"

"好像有点儿消化不良。"

"一大早就消化不良，吃了多少山珍海味呀？"

"没吃早饭，不过感觉像不消化的样子啊。昨天晚饭也是随便吃了一口。"

一边说，一边疼得揪住心口窝，趴在办公桌上。旁边开玩笑的同事立刻僵住了。因心梗去世的父亲当时就这样。姐姐的恋人被同事抓着手腕，拖上出租车，去了附近的大学附属医院，一进医院大厅就无力地倒下了。果然是急性心肌梗死，立刻做了支架手术。患者情况紧急的时候，医院通过公司人事科联系了姐姐恋人的父母。两位老人一直守在重患诊室等候室，每到探病时间，母亲就进去，哭着祈祷。

那天，敏雅姐姐从早到晚都很忙。恋人两次没接电话，她发短信问："你很忙吗？"然后就忘记了这件事。下班路上才发现对方连短信都显示未读，于是又打电话，对方已关机。她觉得有点儿奇怪，不过估计可能是手机没电了吧，也没再多想就回家了。家里没有人，恋人的手机仍然关机。强压下去的不安终于爆发了。姐姐不知道恋人办公室的电话号码。可以用手机通话，没理由非要把电话打到办公室。

姐姐打车去了恋人的公司。前台没有人，偶尔有晚下班的职员经过。要不要去办公室看看？或者随便拦住一个人问问情况？他们会不会觉得自己是个神经病？正在犹豫的时候，电梯里走出一个女人，脖子上挂着和恋人同样的员工证。

“打扰您一下，我来这里找一位朋友，她是营销组的金熙京组长，今天手机一直打不通。请问怎样可以联系到她办公室的同事？”

女人摇了摇头，问身后的同事：

“今天晕倒的组长，是哪个组来着？”

“不是营销组吗？”

姐姐摇晃着后退了几步。女人扶住姐姐，急忙补充说：

“啊，我不确定，也可能不是您的朋友，这么说让您担心了。”

“晕倒了？怎么回事？现在在哪儿？”

“不太清楚，有人说是在公司突然晕倒的，送到了对面的大学附属医院，也有人说是在上班路上晕倒在地铁里，送到了附近的医院。”

同事戳了戳女人的后背，对敏雅姐姐说：

“您是，她的朋友？那么给朋友的家人打个电话吧，听说已经联系上家人了。”

她们大概觉得奇怪。是啊，几乎没有朋友因为打不通电话而找到公司来。姐姐没有继续追问。她和恋人一起生活十年，彼此都以为自己是对方唯一的家人。她们说的家人是谁，这个家又在哪里呢？姐姐默默地转过身，现在顾不得失落，当务之急是打听到恋人在哪里。

敏雅姐姐先去了公司附近的大学附属医院。如果是今天晕倒送来的，那么应该在重患诊室，于是先去二层内科重患诊室看了看，然后去三层。来到心脏内科重患诊室门前的时候，迎面遇到了恋人的母亲。她曾跪在姐姐面前，哭着恳求姐姐放过自己的女儿。起先她和女儿互不相见，从几年前开始有了联系。虽然没有恢复到从前的关系，不过现在母女之间已经缓和了许多。即便如此，她还是无法接受女儿的同性恋人。

“那天我好像挨了三十多下打。她说一切都是我造成的。”

姐姐洒脱地笑着说道，有点自暴自弃的味道。恋人拉过敏雅姐姐的手，紧紧握住。两只雪白的小手，拇指的指甲上戴着同样的天蓝色心形宝石。她们十指相扣，分不清是谁的手。我问姐姐，恋人没事了吧？

“手术很成功，不过一辈子都离不开阿司匹林了。”

“现在就戒烟吧。”

我想不出该说什么，只好随口说了一句。姐姐在旁边说，“对的”。两个人都有稳定的职业和固定收入。她们从不懈怠地学习，勤奋地积累资历，提高实力，还购买了应对疾病的医疗保险和几种养老保险。她们常常忙碌而辛苦，高额的保险费带来巨大压力，然而想到自己脱离了社会安全网，只能自己为养老做准备。经过这件事之后，她们觉得真正的养老准备不该是这样的。

我向她们解释了指定监护人协议。事先指定一名监护人，当自己受伤、生病或因其他原因无法处理财产或保护人身安全的时候，监护人可以代替自己做决定。经过公证，在监护登记簿上登记即可。这不是什么大事，但是她们不熟悉程序，也许会感觉很难，所以我决定帮助她们。

关于是否进行维持生命的治疗活动，可以填写维持生命医疗意向书并且登记。她们希望单独留下财产方面的遗言，并且公证，当一方死亡时可以立刻执行。两名前辈愿意为她们作证人。

“法律范围内，能做的好像也就这些了，我再了解一下。”

“谢谢。”

敏雅姐姐的恋人毕恭毕敬地低头道谢，然后和我握手。光滑温暖的手不潮湿，不黏腻，也不粗糙，非常柔软。我们只见过三次，她每次都给我留下很好的印象。如果身体也健康，那就别无所求了。

姐姐出去的时候，向职员询问支付咨询费的方式。我说不收费，姐姐坚持要给，我们就像往对方口袋里塞车费的老奶奶似的争执不休。最后我赢了，敏雅姐姐有点不知所措。

“我不是为了免费才找你。耽误了你的时间，对不起，真的对不起，也谢谢你。”

“我是自己也有需要才打听这些事的，不要觉得抱歉。”

这样的告白对我来说是需要勇气的。身边的人们似乎都没有察觉这句话的特别含义，说出的话四散在空气中消失了，幸好谁都没有在意。

我爱敏雅姐姐。我独自煎熬了很久，表露我的感情之前，还有太多事情需要让别人理解。最重要的是我不敢暴露自己。姐姐介绍她的恋人时，我是那么惊讶，那么慌张，原因并不是别人想的那样。恰恰相反。我一直后悔，一直埋怨自己，直到现在还萦绕在心头。

如果遇到像姐姐这样可以共度一生的人，如果我也能像姐姐那样采取法律措施保障自己的养老，我想让姐姐和她的恋人当我的证人。

寻找声音

敏珠是某电视台的播音员。

罢工刚过一个月，那时候正宇上学由敏珠接送，而不是婆婆。早晨 8 点 50 分，敏珠把正宇送到马路对面的小学，然后和丈夫一起去公司。他们在同一家公司上班，而且是同一个部门。本来和丈夫在一起的时间就多，罢工以后几乎每天都形影不离，然而夫妻关系并没有因此变得牢固。两个人都没有事做，也没有收入，这样的日子不知道还要持续多久，感情不可能好。

开车时始终沉默不语的丈夫，停车时漫不经心地问：

“明天开始你别来公司了，好吧？”

每天上午都在公司大厅举行劳动组合全体集会。尽管是出于自觉的集会，不过没有特殊原因的话，大部分劳动组合的成员都会参加。集会结束，播音员同事们聚在一起吃午饭，然后开会。有时要发表声明，起诉不正当调任。除了这类重大事件，单是聚会本身就很有意义。像被驱逐似的调往其他部门的人，留在台里却不能上节目的人，偶尔能上节目的人……每个人的立场和情绪都有所不同，误会积累得太多太多。罢工之后，他们每天见面交谈，逐渐解开心结。但是，丈夫不让她去了，敏珠突然就明白了丈夫的意图。

“反正零用钱还是要给，对于母亲来说，这是唯一的收入来源。”

“你知道我们现在负债多少吗？”

“又不是一辈子罢工，很快又要把正宇交给母亲了。‘现在我们罢工，正宇不用您管，所以钱也不能给您，等罢工结束了把正宇交给您，那个时候再给您钱。’我们怎么可以这样跟母亲说？”

“我去跟她说。”

“她当着你的面只会说，好，那就这样，然后给我打电话发牢骚。”

汽车刚熄火，敏珠就下了车，独自离开了停车场。她想喝酒，可现在还是早晨。

5 年前，夫妻俩也并肩参加过罢工。当时好不容易申请了贷款，买房子刚刚一年。两口子都没有收入，难以负担每月 200 万的还贷金额。他们也想过搬到郊区住，可是正宇好不容易适应了小区的幼儿园。负责照顾正宇的婆婆也住在这个小区，他们不能离得太远。想过卖掉房子，在附近租房居住。他们去房产中介看了看，没有房源。全租房短缺的新闻就是以敏珠所在的区域为例。他们感到茫然而郁闷，信用贷款、保单贷款、负账户，贷款的种类和金额越来越多。这不是信念问题，而是生活问题，可是连这种苦恼都无处发泄。敏珠很清楚世界上有多少劳动者像自己一样，他们落入了多么极端和恶劣的境地。活着是多么痛苦，多么沉重，甚至连这样的想法都是罪过，她只能用力抑制自己的孤独和心痛。

罢工结束了，没有任何成果。在那之后，敏珠一次次地接到通知，无缘无故地被退出了正在进行的节目。有的同事干脆被调到其他部门，负责制作宣传资料、审查剧本、策划社会话题。有一天，审议部的前辈打电话给敏珠，冷不丁地问道：

“我的声音怎么样？”

“什么？”

“我不记得自己的声音什么样了，我自己听到的声音和别人听到的我的声音不一样。”

那个瞬间，敏珠也想不起自己的声音是什么样了。这让她多少有些难过，但她还是故作轻松地笑着回答：“都一样的。”

其实不一样。前辈的语气要比以前缓慢而低沉。回到家里，敏珠留心听丈夫的嗓音，稍微有点儿沉重，还有点儿含含糊糊的感觉。我的嗓音、语调和发音也发生变化了吗？敏珠不敢听。

不到一个月，前辈就辞职了。直到递交辞职信的前一天，前辈才单独找到敏珠，向她告别。敏珠恳求前辈再考虑一下，劝说她和自己一起努力，然而前辈没有改变决定。如果说没有一点儿失落和埋怨，那是撒谎。可是敏珠知道前辈有多么痛苦，理解她做出这个决定有多难，多慎重。敏珠收留了前辈放在办公桌上的小仙人掌，播音员同事们陆陆续续地离开了公司。

看不到尽头，也不能保证有什么结果，这样的斗争持续到 5 年多的时候，敏珠的身体和心灵都遭到了重创，一步步走向崩溃。尤其是第二次罢工开始的时候，正宇总是要交给婆婆带，账户里的负金额持续增长，夫妻关系也出现了深深的裂痕。危机最严重的时刻，敏珠接到了某策划公司的签约邀请。帮忙联系工作的是在电台做 DJ 时亲如姐妹的歌手姐姐。签约金很丰厚，足够解决当前的生活困难，还能有剩余，其他的条件也很好。据说，这家公司还在同时接洽另一名播音员。听到这个消息后，丈夫一秒钟都没有犹豫。

“反正我们俩在一起工作也不方便，有机会就换吧。”

如果非要做比较的话，敏珠的名气要比丈夫大。如果夫妻中间有人要离开公司，那么应该是敏珠。这是他们默认的意见。敏珠接到人气节目出演邀请的时候，受邀担任主持人的时候，和丈夫在一起人们却只认出敏珠的时候，敏珠都会莫名地害怕。她和丈夫都很有自信，而且自尊心都很强。

“我们都是工薪族，集体中的一员。我还是想坚持下去，留在这里，一如既往地工作。”

丈夫的态度冷漠而淡然，太过于理所当然。敏珠也无力反驳，反而为自己从丈夫的话中读出别的意味而惭愧，好像自己心理扭曲。这让她很痛苦。偶尔，她也希望丈夫能像小孩子那样为她取得的成就欣喜若狂，遗憾的是这样的事情始终没有发生。而这一次丈夫却是发自内心地高兴。策划公司的提议和丈夫的反应，都让敏珠高兴不起来。

最重要的是，她无法想象自己成为自由职业者的样子：不论年龄和资历，大家都拥有平等的发言权；员工的意见可以正当地反应，并且体现在集团的运营和节目的播放中。敏珠以前的公司就是这样，她不想离开。尤其是现在，一度瘫痪的公司恢复了从前的模样，她不想在外面鼓掌旁观，而是想以当事人的身份欢呼和分享。敏珠决定留在公司，丈夫冷漠而淡然地说，“知道了”。

敏珠无数次后悔。上次罢工失败的记忆犹如噩梦般折磨着她。如果再次失败，不论在公司内部，还是在公司以外，她还能重新拿起话筒吗？一个失眠的凌晨，敏珠静静地从床上起身，呆呆地坐在沙发上。这时，丈夫也跟着出来了。

“还没睡吗？”

“你一开门，我就醒了。”

“对不起，因为我。”

“不是的，最近我经常在夜里惊醒。”

敏珠没想到丈夫也睡不好觉。如果和同事发生了误会，她都会努力消解，然而她总是极力回避和丈夫之间的对话。彻夜交谈后，敏珠才发现丈夫对情况的判断远比自己悲观，她对丈夫以前的想法也能够理解了。

“5 年前是这样，现在也是这样，我太累了。我觉得这不是信念的问题，而是生活的问题。生计、贷款、利息、育儿，所有这些问题。”

敏珠第一次说出了长期压抑在心底的想法。这些话只有在丈夫面前才能启齿。

罢工持续了 4 个多月，社长终于下台了。敏珠回到自己的位置上班，调离播音部的同事们也回来了。谈不上开心和兴奋，也不能说是混乱或恐惧，总之是五味杂陈。

离开办公室的时候，窗外还是绿树茂盛的夏日，现在已经是落叶满地的秋天。读过几页的插上书签的小说，盛过清爽绿茶的水杯，办公桌上的仙人掌，一如从前。辞职前辈留下的仙人掌，泥土已经干涸，仙人掌还顽强地活着。敏珠给花浇了水，擦掉灰尘，这才真切地感觉到前辈真的离开了。敏珠抬起头，环顾了一下办公室，辞职的同事们齐聚一堂的场面像电影画面，展现在眼前。很快将有新社长上任，节目也将正常进行，公司逐渐恢复平静，然而那些离开公司的同事却不会回来了。好痛心。

眼里噙着即将滴落的泪水，敏珠和屏风后面的丈夫四目相对。丈夫默默地用口型说，“辛苦了”。敏珠回答，“你也辛苦了”。

重新发光的我们

我是被 KTX[1] 解雇的女乘务员。

叮咚叮咚——

门禁铃声响。我急忙抱起女儿，静悄悄地藏到卫生间里。

---

1 Korea Train Express，韩国高速列车。——译者注

“妈妈，怎么了？”

“嘘！”

“为什么？为什么呀？”

我把声音压得更低，恳求女儿说：

“嘘！嘘！求求你了，求求你，艺书。”

女儿瞪大眼睛，钻进我的怀里。温暖柔软的小身体，香喷喷又带着奶腥味的婴儿气息。让她保持安静不动似乎很难，女儿总是动个不停。我们在马桶上不知道坐了多久。过了很长时间，女儿用细得像漏风的声音问道：

“妈妈，现在还不能说话吗？”

为了不发出声音，我慢慢旋转卫生间门把手，打开门，仔细倾听外面的动静。静悄悄的。我把女儿放在马桶上，走到门口透过猫眼观察外面。我左右摇晃着脑袋，确认过道里一个人也没有，这才把女儿领出卫生间。手机收到一条短信——电话无人接听，快递送至门卫室。原来是快递。我没有要收的快递啊，会是什么呢？我感到既好奇又无力，同时也对女儿感到歉疚。

我欠了债，还是超过 1 亿元的巨债。

从 2008 年开始，我和同事们发起了劳动者维权诉讼，一审和二审全部胜诉，拿到了拖欠的工资。不料，大法院推翻了前面的判决结果，要求我们在 4 年之内归还到手的 8640 万元工资。这些钱早就用作生活费了，每个月仅利息就超过 100 万，现在需要还款的金额已经超过 1 亿。我无力偿还，也不能还。如果把钱还回去，那就意味着我们接受了自己不是高铁劳动者的判决。

法院下达返还命令书的消息，我是在同事的聊天群里听说的。有的同事是无意中收到的，以为是邮件或快递；还有的是因为法院的人不分昼夜，周末也来恶狠狠地敲门，为了不妨碍邻居才不得不接收。从那之后，我听到门铃声就会害怕，甚至连外卖都很久不点了。每次听到孩子玩具发出的声音，我都会痉挛，丈夫只好卸掉了电池。我最担心的是被婆家知道。公公婆婆都是好人，很喜欢我，他们全然不知道我欠了这么多债。

13 年前，如果我没有在就业指导室门前看到那则公告，事情会怎样呢？明明知道这是毫无意义的假设，我还是忍不住这样去想。转正式职工、退休保障、公务员待遇……直到现在我都记得那些宣传语。那里被称为“地上的花”。我工作的地方不是高铁公司，而是其子公司。工作两年，因为没有按照承诺转为正式职工而罢工，后来被解雇。有人重新回到子公司，有人因为种种原因放弃斗争，还有的仍然在斗争，要求复职和直聘。最开始参加罢工的女乘务员大约有 350 人，现在剩下 33 人。我是这 33 名中的一员。

集中斗争期间，我们经常在首尔站的广场舞台上举行祈祷会、文化节、说唱音乐会等活动。参加祈祷会的时候，我带上了艺书。大概是坐在婴儿车里不舒服，她一直哭闹，我只好中途退场。说唱音乐会那天，我想都不敢想再带艺书去了，可是又没地方托付，急得我团团转。这时，丈夫打来电话说请了一下午假，让我做好外出准备。

我急匆匆地准备好女儿的零食和晚饭，正在换衣服的时候，丈夫开门进来了。他的脸上大汗淋漓，原来是一路从地铁站全速奔跑回来的。

“我很快就回来。”

“慢慢来。”

这句话比加油或支持更让我安心。乘坐地铁去首尔火车站的路上，我不停地回味着丈夫那句简短的“慢慢来”。

舞台上摆放着两把椅子，应该是给主持人和嘉宾用的，还有一个显示屏。同事们在舞台后面挂上了“抗议解雇 4000 日大会场”时拍的纪念合影。我也急忙跑过去，帮忙挂正照片。

“看一下两侧是不是在一条水平线上。”

分部长说得泰然自若，好像面对长期以来的合作伙伴。挂完照片下来，他才四处张望着问道：

“孩子呢？”

“嗯，孩子爸爸下午请假了。”

“那太好了。”

剩下的同事当中，有一半像我这样成了全职主妇，另一半做了其他工作，而且分散在京畿道、江原道、釜山、海外各地，很难像从前一样全员集合积极活动了。面对辛苦的分部长和总务，我们只有感到抱歉。

活动时间已到，同事们才陆续到达。有的朋友很久不见了。虽然经常在聊天群里分享消息，然而时间总是凑不上，不能经常见面。很多同事都带了孩子来，因为没人帮忙照看。很小的时候见过的孩子，只在照片上见过的孩子，转眼就长这么大了。我切实感觉到我们已经斗争了太久，也明白每个人都忙于自己的生活。我们像久违的老同学那样互相问候，同时打听没到场的同事们的近况。

活动从记录斗争过程的短片开始。此时此刻，那些在画面上喊口号、削发、爬上30米高的灯塔、静坐、哭泣，甚至被逮捕的女人们并排坐在旁边。我的面孔也不时闪过。真年轻啊，好土气，这么紧张。有的人认真投入，有的则不是。有时彼此之间会因此感到委屈、遗憾、愤怒，有时还会发生争吵。难道你不忙？难道你没有孩子？复职以后打算怎么上班？但是很快大家又亲如一家，看到有人穿上婚纱，就像送姐姐出嫁似的依依不舍；听到有人分娩的消息，就像妹妹生孩子一样心头泛起热流。十多年的时间里，我们共同经历了太多事情。

说唱音乐会邀请的嘉宾是首尔市长。市长斩钉截铁地说："KTX 乘务业务是为乘客安全负责的工作，应该让乘务员成为正式职工。"观众席上爆发出掌声。

"我们以公司为对象发起的诉讼在大法院得到了败诉判决，一审和二审中拿到的工资都被判定为不正当得利，要求返还。对于这样的判决，您怎么看？"

"作为法律界的一员，我认为这种判决不应该出现。"

尽管这是理所当然的回答，然而听过之后还是让我们忍不住流泪。我环顾四周，其他同事也在哽咽。高铁公司的社长、大法院法官、镇压警察、提前放弃的老同事……眼前掠过无数张令我们愤怒和绝望的面孔，耳边回荡着指责我们不努力就想转正的声音。我们总是做出理直气壮的样子，其实每次都怀着被逼到悬崖边上的心情。今天在公开场合听到公共机构长官说我们是对的，对我们来说至少是一种安慰。

我没有参加后面的庆功会，急匆匆地回了家。女儿已经睡了。丈夫说："让你慢慢来，怎么这么快就回来了？"我走进房间换衣服，拿出挂在衣柜最右侧的制服。现在的制服已经换了款式，生孩子之后变胖，腰部和腹部早都变得太紧，结婚之后搬家，我也没舍得扔掉。这件衣服还穿不到两年。大法院判决结果出来的时候，我一度后悔，注定要输的斗争，我却耗费了自己年轻的时光。

现在，我不这么想了。如果我只想着自己的复职，不可能撑这么久。面对不稳定的雇佣环境，我们不能理所当然地接受；女性的工作不能局限于临时和辅助业务，这是我们的斗争目标。我依然年轻，斗争尚未结束。

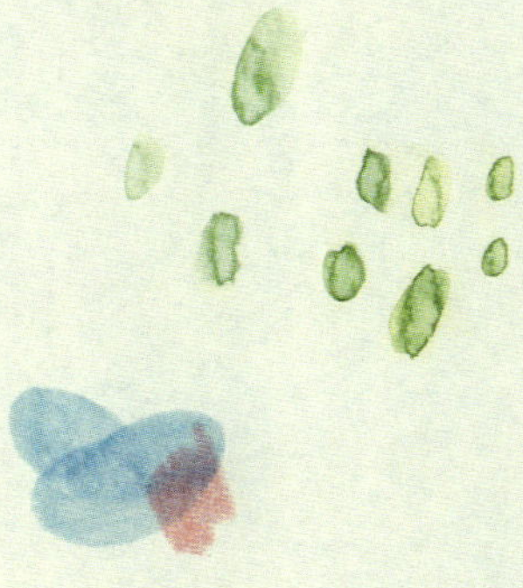

第三部

奶奶

——您保重

厨师的便当

秀彬妈妈是有 8 年工作经验的食堂厨师。

《家庭通信报》发下来了。秀彬以为又是关于未来发展方向或校园暴力的印刷物，看也没看就折起来塞到笔记本中间。这时，旁边的同学自言自语：“又要罢工？那得去买三角饭团了。”

通知上说，因为厨师罢工，下周四五两天中断供餐，请大家自备午餐便当。这个年龄解决一顿饭没有困难，但是会很麻烦。上次罢工的时候，校门前的中餐厅涌入太多学生，即使已经做了充分准备，商店的寿司和三明治还是瞬间售空。同学们有的为此烦心，有的说妈妈会嫌麻烦。秀彬也想起了妈妈。妈妈的学校怎么样呢，妈妈现在会是怎样的心情？

《通信报》上没有写罢工原因。秀彬在手机上搜索报道。

> 全国学校非正式职工劳动组合通知了近期争取转正总罢工的活动。为了改善非正式职工待遇，他们准备了综合对策，最低时薪工资1万元，要求支付没有上限的工龄补贴……

秀彬接着搜索非正式职工、最低工资、工龄补贴这些字眼。虽然不是陌生词，却并不了解它们的准确含义和相关规定。秀彬每周学习两小时的经济课程，课上讲过决定工资时考虑的原则——同工同酬、外部公正性、内部公正性、最低生存费用……直到现在，他依然能流畅地背出备考期间转着铅笔努力背诵的内容，只是反复背诵的内容和现实没有什么关联。

那天傍晚，秀彬悄悄地把《通信报》放在餐桌上，假装漫不经心地说：

“我和朋友说好了，一起买炒年糕吃，不用担心。”

“你和贞仁两个人吗？”

“不，贞仁、孝京，我们三个人。”

妈妈慢慢地点头。

秀彬和妹妹分别就读小学三年级和一年级的时候，妈妈开始在秀彬学校工作。班主任老师说在学校网页上传了游学照片，于是妈妈点进去，看到了招聘厨师的公告。在校长办公室进行了简单的面试，妈妈自己也觉得回答得很好。

“我的两个女儿在这里读书。学生们就像我的女儿一样，而且我的女儿们也的确会吃到我做的食物。您能想到我会多么认真、多么用心地制作食物了吧？”

最初，秀彬妈妈只是把这当成短期的兼职。临时休息日或假期，她可以和女儿一起休息，一边带孩子一边做这样的工作，真是再合适不过了。没想到工作非常辛苦。穿着工作服、长靴，戴着围裙、手套、卫生帽，汗流浃背。连续几小时在炉火前干活，距离燃气灶最近的腹部皮肤都被烤红了，奇痒无比，好几次她都觉得这样下去要出大事。幸好只是轻微的烧伤和擦伤，不过她也经常听说有厨师因为重伤而造成永久残疾。

营养师尽可能购买价格低廉、没有收拾过的材料。在有限的预算范围之内，为了给学生们多做一样菜，厨师们就只能多干活儿。大部分蔬菜都粘着泥土，连带着皮和根。做咖喱饭的日子，需要秀彬妈妈削皮的胡萝卜和土豆堆满了大大的泡菜篮子。做泥鳅汤的时候，活泥鳅从桶里跳出来，逃向四面八方，有时还会堵住下水口。为了抓住这些滑溜溜的东西，整个厨房乱作一团。炸鱼排也不用冷冻食品。先是一片一片地去掉鱼刺，挂上面糊和鸡蛋糊，再下锅油炸。没有炒过的黑芝麻需要炒熟、磨碎，做成蘸料。

工作越来越辛苦。厨房和供餐室逐渐扩大，需要管理的空间也更大了，而厨师人数却随着学生人数减少，工作量持续增长。学生们对学校供餐的期待更高了，种类也在增多，对于烹饪方法的要求也愈加苛刻。与几年前相比负责配餐的人数几乎减半，连供餐也要由厨师完成。即便如此，秀彬妈妈还是经常说工作很快乐。

“看孩子们吃得津津有味，就感觉他们好可爱，心里非常满足。一年级的孩子很可爱，哼哧哼哧端着餐盘排队，说我只要一块泡菜，我要十块炸猪排。稍微大些的孩子也可爱，有的要减肥，说我只要一点儿。”

“那就只给一点儿吗？”

“还要长身体呢，所以都给盛一样多。孩子们会说哎呀，可是过会儿也都吃光了。”

秀彬也是一边吃着妈妈做的饭，一边学习、运动、唱歌，茁壮成长，长成了高中生。

下个周四的早晨，秀彬没等闹铃响就睁开眼睛。噼啪……燃气灶打火的声音，洗碗池流水的声音，叮叮当当的碰撞声，走出房间一看，妈妈正往秀彬的四人用野餐盒里装菜。

“装了很多，你和贞仁、孝京三个一起吃，记住了吧？”

“我都说了，我们买炒年糕就行。”

“吃面食会困，吃完米饭好好学习。”

“妈妈这么辛苦干什么……”

“是啊，妈妈们要辛苦了。肯定会有孩子随便对付着吃饭。”

妈妈长长地叹了口气。妈妈的学校也发生了两天罢工。在过去的八年里，妈妈参加过两次罢工，每次都很痛苦。全家人默默地吃着早饭，妈妈似乎要缓解气氛，说道：

“现在的小学生什么都懂。昨天供餐的时候，孩子们问我，老师您罢工了吧？为什么要罢工呢？肯定有原因的，对吧？”

“妈妈是怎么回答的呢？”

“我这样说的，为了不让你们以后像阿姨这样生活。”

“像妈妈这样生活怎么了？哼。”

秀彬泰然自若地吃完饭，出门前没忘记感谢妈妈的便当。进了电梯，她已经泪流满面。妈妈到底认为自己过的是什么样的生活？妹妹的小学毕业典礼结束后，爸爸坚持要去吃炸酱面，于是一家四口去了中餐厅。当时，秀彬一边吃着炸酱面和糖醋肉，一边问妈妈：

“妈妈，以后做饭的时候不会想着做给自己的女儿们吃了吧？”

“以前也没这么想过呀？”

“面试的时候你不是这样说的吗？这是给女儿们吃的食物。”

“那是参加面试，为了通过才这么说的。我在家是以妈妈的心情做饭，在学校是以厨师的心情做饭。”

每次都会接着补充说：

“要是工资再高点儿就好了。不管积累了多少经验，工资还是那么一点点。干活的人也要多点儿才好。活儿太多了，心里着急，所以总是磕破、烫伤、切到手，焦虑得要命。”

打开便当盖子，朋友们连声欢呼。炸鱿鱼球、烤肉、炖莲藕、培根炒土豆、西兰花紫苏沙拉、腌黄瓜和泡菜。

“这些都是你妈妈做的吗？不是买的？你妈妈是厨师吗？”

“嗯，差不多，是调理师。”

朋友们你一口我一口地吃着便当，每吃一口都会大喊，“太赞了，太赞了”。这么好吃，学生们这么喜欢，妈妈是如此优秀的食物调理师，希望妈妈的心愿能够达成。至少不要再怀着忐忑不安的心情工作。秀彬哽咽了。那天的午饭，她几乎没有吃。

驾驶达人

我是一名40岁大几的女司机，在首尔驾驶市内公交车。

尚显黑暗的车库里停满了大型巴士。同事们有的调整后视镜，有的整理投币箱，有的在打火，做着出发的准备。男司机们聚集在车库角落里抽烟。起先我觉得自己也应该加入他们中间，还想过要不要学抽烟。

我转动钥匙，发动汽车。开早班车有点儿累，不过我喜欢。宁静而奔忙，充满活力的早晨，熟悉的乘客，今天遇到的熟客格外多。有的乘客还跟我打招呼说好久不见，有的乘客叫出我的名字，姜英姬师傅。他们是做什么的呢？我也好奇，只是从来没问过他们要去哪里。他们也和我一样，清晨就早早地开始工作，也都拥有漫长的一天。就这样想着，这时，一位身穿军装的青年上了车。

“我们的青年军人休假了？”

“我？是的，今天归队。”

“部队在哪里啊，要乘早班车？”

“我要先去趟学校，有件急事需要处理。”

“是这样啊，我家老二也在部队服役呢，还有两个月退伍。”

“啊，好羡慕啊，我应该也有退伍那一天吧。”

我注意到他胳膊上的二等兵标志。他休的是新兵假吗？突然间，我想起把年幼的孩子们放在家里，独自出来上班时的情景。到达车库，赶在始发之前，调头的时候，趁机往家里打个电话，远程催促孩子们快点儿起床、吃饭、上学。现在孩子们都长大了，一个已经退伍又复学，另一个即将退伍。

我是在二儿子读小学三年级的时候学驾驶的。孩子们可以独自上学，独自上辅导班之后，周围的妈妈们陆陆续续开始工作。对于没什么技术，也没有资历的主妇们来说，能够做的事并不多。大部分在百货商店或超市里做销售员，或者在饭店做厨师或服务员。我不知道是出于怎样的考虑，报名去了驾校。

驾驶社区辅导机构的班车 1 年、区间车 3 年、京畿大巴 4 年之后，我总算可以来首尔了。不知不觉间，我的驾龄已经达到 14 年。开首尔公交这 6 年，一直都是无事故司机。现在也不会感觉特别辛苦了。最近我驾驶的线路途经大学附属医院和传统市场，所以需要格外关照老年乘客，也就是这些吧？我不停地唠叨，请抓好扶手，请坐好，停车时请慢慢起身，慢慢下车。

今天又是平静而无聊的一天。正当这样想的时候，一位中年男人趺趺撞撞地上了车，似乎在提醒我不要掉以轻心。刚开始，我以为他是因为上车太匆忙而失去平衡。他穿着笔挺的西装，领带整齐，脸色也不通红。当他抓住驾驶席旁边的柱子停下来的瞬间，浓烈的酒味儿扑鼻而来。我的肩膀僵住了，感觉头顶在呼呼冒汗。我看了看表，12点 20 分，哎呀，怎么会在这个时间喝酒呢。

“我忘带公交卡，大姐，收现金吗？”

“是的，投进去就行。”

男人把硬币哗啦啦倒进投币箱。不知为什么，我感觉声音有点儿轻。现在，只要听到硬币落下去的声音，我就能知道投进去的金额对不对。

“硬币声音有点儿轻啊？”

男人没有回答，径直走到驾驶席后面的位置，扑通坐下了，然后用脚踢隔板。

“大姐，你是因为我喝了酒想要宰我吗？哎呀，现在公交车也宰人吗？”

自从安装驾驶员保护隔板和摄像头之后，没事找事或者捣乱的乘客明显减少了。真的很久没遇到这种丑态百出的乘客了。如果换在以前，我可能会假装没听见，或者左耳听右耳冒。现在我不想这样了。我并不是想追回少交的车费，也不想赶他下车，只是想让他知道他没有交足车费。

或许这就是年纪大的好处。我不喜欢斤斤计较，也不怕吃亏。不过，只要握住方向盘，我就成了较真儿的司机。我已经积累了这么多年的资历，不管是为了自己，还是为了后辈女司机，我都觉得应该这样。我大声对乘客们说：

“各位，我要先把这位乘客送到警察署去。我要绕点儿路，请大家谅解。”

这时，一位坐在后排座位的年轻男子走过来，坐到醉汉后面说：

“大叔，安静点儿，你让我们这么多人都因为你而绕路吗？”

醉汉伸出胳膊，按了下车铃。

“警察署就算了！我下站就下车，下车。这个破公交，

还有司机、乘客，真是奇怪！”

每次被分到新的线路，我都要先找好附近的警察署和派出所。公司里来了女司机，我也会首先告诉她警察署和派出所的位置。不论是醉汉，还是闹事者，司机在驾驶过程中都无法和他们对抗。这种时候什么都不用说，直接开到派出所或警察署门前按喇叭，警察们会帮忙解决。要比拨打 112 报警更快，更有用。

醉酒男人在下一站跌跌撞撞地下了车。

我的心情尚未平静，公交车重新出发。刚才应付醉酒乘客的年轻男子往前挪了一排，坐下了。他犹犹豫豫地站起来，伸长脖子往投币箱里看。

“真的只有 800 元呀？”

“什么？”

“刚才那个喝醉酒的大叔投的硬币，真的是 800 元。”

我有点儿不耐烦，就拉下把杆，把硬币塞进了箱里。

“师傅，您真的只听声音就能知道吗？”

“啊，是的。”

“哇，师傅开公交车有几年了？”

今天的乘客怎么这样，我没有回答。以前我遇到过一位男性乘客，他说自己想开公交。他提了很多问题，最后在终点站下了车。我沿着线路转了一圈，两小时后回来，他竟然还在终点站等我，说想和我一起喝酒，边喝边聊。他纠缠了很久，我既尴尬又害怕。从那之后，除了驾驶过程中必需的交流，我尽可能不和乘客对话。见我不回答，男人终于说了一句，“我不是坏人”。这是人们在形容自己时最让人信不过的话语。我不是坏人。

“其实呢，我是《寻找达人》的导演，您只听声音就能猜出硬币吗？能猜出是 100 元还是 500 元吗？总金额也知道吗？还是只知道够不够车费？要不要考虑一下参加我们的节目？”

《寻找达人》，我也经常看。闭着眼睛穿针引线的刺绣达人，每次都能舀出同等重量米饭的饭团达人，可以在米粒上雕刻的印章达人……想想他们为了成为达人付出的辛苦，就忍不住心酸。他竟然叫我达人，偏偏还是猜硬币达人，我无奈地笑了。

“硬币达人就不要了吧。将来成了驾驶达人，我再去参加。”

到达车库，我毫无来由地把车倒入车库。

“姜师傅干什么呢？为什么要这样？”

“啊，没什么，我就是想试一下。”

我笑着说道。金师傅也一笑而过。每天 9 小时安全驾驶的人，这才是达人呢。不过，今天我有了新的人生目标。那就是有一天以驾驶达人的身份参加《寻找达人》。

工作 20 年

真顺是国会的保洁员。通过劳务公司派遣工作十几年后，终于在 2017 年 1 月 1 日被国会直接聘用。

工作结束，四肢重如千斤，还要拖着沉重的身体乘地铁、换公交，再走一段陡峭的上坡路。40 多分钟的回家路总是让人疲惫不堪。那天，明明多提了个沉重的行李，却一点儿也不感觉累。真顺提着装有菜籽油的纸袋，从右手换到左手，再换到右手，一直笑呵呵的。礼物当中还有国会事务总长的信，“虽然迟了，但是我们终于成了一家人。再次祝贺您，我也会尽力为您提供帮助”。这是她第一次收到节日福利和奖金，还涨了工资。

金融危机时期，真顺的丈夫被迫提前退休。他用退休金开了家炸鸡店，生意却不好。这样下去恐怕供不起两个孩子读书了，于是真顺站了出来。她去餐厅打工，卖保健食品和化妆品，也去别人家帮忙照顾孩子。这些都是打零工。对于没有资历、也没有技术的家庭主妇来说，没有既轻松又长久稳定的工作。后来，经过卖化妆品的老同事的介绍，她进入了国会。

从早上 6 点到下午 4 点，擦洗打扫、整理、倒垃圾桶，工作都在意料之中，然而劳动强度超出想象。每到监察期间和年底，常委办公室所在的本部就有很多外人出入，三层总会议室经常挤满前来游学的学生。倒完一个垃圾桶，再倒第二个，回来时第一个又满了。手忙脚乱地穿梭于卫生间的各个隔间清扫垃圾，打扫周边卫生，再清扫，再整理。即便这样，还是不断有人抗议，没有卫生纸了，马桶堵了，水溢出来了。

真顺工作的十多年里，换过三次劳务公司。有一次公司倒闭，离职者差点儿没拿到离职金。还有的公司不提供工作服，或者不及时补充清洁用品。保洁员们只好自己掏钱购买清洁用品，破旧的衣服一穿就是好几年。

真顺资历较高，于是站出来抗议，却被安排整个夏天打扫外墙。每天站在烈日下擦墙，晒得头晕目眩。凡是给人留下不好印象的员工都被安排做苦力，轻松的活都分给上司亲近的人，于是职员内部开始分裂，出现了不同的派别。打招呼不回应，有通知也不转达，甚至不愿和她一起吃饭。虽然知道是劳务公司故意造成的局面，但是为了下次签约时不再遭到排斥，她什么都没有说，反而和照顾自己的同事们保持距离。

“和我走近了，你们也会受牵连，不要理我。”

傍晚结束工作后，真顺偷偷和同事在地铁站见面聊天，眼泪夺眶而出。

她没有要求成为公务员，也没有要求涨工资，只是想得到人性化的待遇。真顺和同事们把直接雇佣促成声明书发给全体议员，却遭到执政党的反对。一名议员说，如果保洁员成为非签约职工，那么三项劳动权利就得到了保障，如果动不动就罢工，到时候如何管理？这是议员在运营委员会议上说的话，真顺通过国会视频看到了这个场面。

年初工作会、座谈会、年终庆典之类的活动，她一个不落地参加，让大家了解保洁员的工作环境和工作状态。她敲开市民团体、国会议员聚会、劳动组合的大门。起先她也不自信，人家愿意和我们见面吗，会听我们说吗？最后她选择了勇敢面对，请求帮忙和协助。

这期间发生了一件事，几位临时工姐姐没能得到续约。年纪较大的姐姐们以6个月为单位和劳务公司签约，公司方面突然拒绝续约。她们多次向劳务公司抗议，说续约是约定好的，不要剥夺健康诚实的职员的工作机会，结果也无济于事。那天接到明天开始不要来上班的最后通牒，狭窄的休息室里充满了姐姐们的叹息和啜泣声。真顺感觉这种事很快就会发生在自己身上。

“都站起来！姐姐们，我们就这样坐以待毙吗？”

她们从附近的办公室借来纸和笔。“遵守续约协议！”“我们还可以工作！”“我们工作20年了！”她们急匆匆地写了手牌，连语法都有错误，然后站到事务总长办公室门前。这样下去我也会被炒鱿鱼的，真顺举着手牌的手在颤抖。事务总长处理完外面的事情回来，看到这样的场面吓了一跳，先让真顺和同事们进了办公室。这是她们第一次因为清扫之外的事情进入事务总长办公室，也是第一次在那里喝到咖啡，第一次和事务总长说那么多话。最后，事务总长充当仲裁者，说服劳务公司和姐姐们续约。

表决新年预算草案那天，真顺已经下班回家了，可是所有心思都还留在国会。因为她听说保洁员工资不再是“管理劳务费”，而是升级为“直接雇佣预算”的消息。会议时间延长了，保洁员工资几乎是最后的表决项目。她焦

急地等待国会的通过，等着等着睡着了，醒来，又睡着。正在这时，真顺的手机响了。已经是第二天的凌晨4点，她收到了预算草案通过的群发消息。从那以后，保洁员不需要经过劳务公司，可以直接被国会雇佣。

真顺一骨碌从床上站起来，连声欢呼，抱着被她吵醒的丈夫哭了很久。丈夫拍打着她的后背说“辛苦了，很棒，我为你骄傲”。

新的工作服上印有国会标志，没有了出入证，取而代之的是工作证。以前在所属单位栏填写劳务公司的名称，现在直接写国会。如果有需要传达的事项，首先会在事务处和管理服务科询问意见，商议之后再发公告。中间不用劳务公司经手，沟通更加顺畅。可以在同一空间面对面交流，做决定，她相信工作环境也会变得更好。以前值班结束后累得浑身都难受，现在总部值班人员从一个人增加到了两个人。

劳务公司的中间利润分配给了劳动者，还有了福利卡和节日奖金等福利。年初有位同事的母亲去世，真顺去参加葬礼，看到一次性碗、盘子、杯子上面印着国会的标志。葬礼用品都由国会资助。她无意中听到吊唁客人说，看来这家有人在国会工作，心里感到莫名的满足。同事流着泪说：

“妈妈总是内疚，说她没把我教好，让我做这么辛苦的工作。其实不是的，我对自己的工作很满意，很自豪。我对母亲尽了最后的孝道。”

每到休息时间，真顺就和同事们去地下的咖啡厅。从前总觉得咖啡厅不是身穿保洁工作服的人出入的地方，十年来去咖啡厅的次数屈指可数。去办公室打扫卫生的时候，在内部食堂吃饭的时候，她都开始主动打招呼。以前真顺总是担心自己和别人打招呼，对方会不高兴，感觉抬不起头，现在终于觉得这是“我的工作单位”了。

“身体健康！”

“我们一定要健康！”

最近，同事们见面打招呼都说：“身体健康。”“这么开心，一定不要生病，要一起工作到很久很久。”同事们经常这样说。

情况的确比从前好了，真顺却不想满足现状。她希望所有人都可以平等地工作，没有谁更辛苦，或者谁比别人少辛苦。像需要照看孙子、丈夫生病这样的紧急情况，如果可以稍晚上班或稍早下班就好了。最重要的是，希望工作可以更长久。她还会像从前那样不轻言放弃，继续发声。

妈妈日记

“现在，请新郎新娘怀着感恩之心和幸福生活的决心，向养育了美丽新娘的父母敬礼。”

女婿举起双臂，跪倒在地行大礼。贞雅深埋着头站起来。那个瞬间，贞雅紧紧咬着下唇，忍耐已久的眼泪夺眶而出。我的眼泪沿着脸颊哗啦啦流下来，我急忙抹了一把。不能让贞恩看到，不是贞恩的原因。整个婚礼期间，我脑子里想的都是贞恩，感觉对不起贞恩，也对不起贞雅。

*

有一天贞恩回到家，说要离婚，和尹先生一天也过不下去了。那天是我和丈夫结婚35周年的日子。丈夫好像压根不知道这回事儿。清早出门，说是有登山聚会。贞雅傍晚时分出门，大概是出去和男朋友约会了。我一个人吃完饭，并不觉得孤独失落。前一天吃剩的金枪鱼泡菜汤砂锅放到燃气灶上，从冰箱里拿出冷饭和小菜，突然觉得很麻烦。我把小菜放回冰箱，米饭倒进砂锅。这样拌在一起煮，会不会变热呢？我一勺勺地舀起来尝，竟然站在燃气灶前吃光了饭菜。

我很快洗完了碗，喝着速溶咖啡，坐到电视机前。电视里正在播放有关低出生率的原因和寻找解决方法的新闻。年轻人不肯结婚，结也是拖到很晚，结了婚又不愿生孩子。原来如此。都是因为钱。房价贵，养孩子要花很多钱。不过这也是人生之乐呀。虽然手头不宽裕，可是全家人其乐融融、怀抱热情地生活在一起也很幸福啊。现在的年轻人怎么就不懂呢？

关掉电视，壁钟的滴答声格外响亮。贞雅从小就常说自己不要结婚，想独自生活。每当这时，贞恩就说，越是这么说的人越是最早嫁人。我说，等到老了，一个人会很孤独。我结婚以后和家人住在一起。可现在家里空荡荡的，每顿饭都是自己随便对付，还有家人制造出来的家务活永远也做不完……

婚前我在一家小社区银行工作，打算积累经验后换到规模大而稳定的金融公司。后来耐不住妈妈的催促去相亲，遇到丈夫，很快就结了婚，自然就中断了工作。我并不后悔。丈夫和孩子们都很踏实，他有能力，也忠于家庭。我也是有计划地度过每天的分分秒秒，傍晚做完所有事情，我喜欢静静地休息。没有缺憾，没有不适，没有辛苦，也没有难过。我幸福吗？这样算是其乐融融的生活吗？

我洗好咖啡杯，放到置物架上。这时，贞雅和丈夫回来了。他们是在人行道上偶然相遇的，两个人大概都喝了酒，满脸通红，看上去都有些心浮气躁。贞雅走过来挽住我的胳膊，说今天和男朋友一起吃了美味的寿司，想起了我，还说下次让我和她一起去吃。

“好，下次让爸爸请我们吃。”

“嗯嗯，不要，我想单独和妈妈吃！我要请妈妈吃。”

30岁的小女儿浑身酒气，还在撒娇。扑哧，我忍不住笑出声来。是的，就是这样，这就是其乐融融的生活。结结实实地皱成一团的心正要舒展开来，贞恩突然闯了进来，让我的心突然发紧。

以前，贞恩经常吐露对尹先生和婆家的不满，我只当作那是儿媳妇的寻常牢骚，没有当回事。丈夫静静地听了一会儿，问贞恩：

“那你打算怎么办？”

“我在考虑怎样结束这段婚姻。”

太突然了！我一时说不出话来。我让贞恩去贞雅的房间休息，我和丈夫也回卧室躺下了。我睡不着，正在咬干裂的嘴唇，丈夫说道：

“今天太晚了，明天你给尹先生打个电话。”

“我？我打电话干什么？”

“好好安慰他，让他把贞恩接回去。”

“他们是小孩子吗？我们为什么要插手？”

“那你打算让他们离婚吗？”

“我当然不会让他们离婚，可是我也不会说，绝对不能离婚。我们贞恩是个聪明又正直的孩子，她会自己做出判断和选择，她会过得很好。”

突然，丈夫提高了嗓门儿。

“你怎么把女儿们养成这个样子？女孩子一点儿也不会低头，都以为自己很了不起。你就不为贞恩担心吗？你知道女人独自生活意味着什么吗？”

“那你知道今天是我们的结婚纪念日吗？”

我也不知道为什么突然冒出这句话。看到丈夫闭口不语，我倒觉得这句话也并非完全不合时宜。那么担心贞恩，那么知道女人独自生活意味着什么，这样的丈夫很快就睡着了，呼噜震天响。整整一夜，我都使劲咬着嘴唇，嘴唇都流血了，直到迎来黎明。丈夫真的以为我不担心贞恩吗？真的以为我不知道女人独自生活意味着什么吗？他以为和家人一起生活的女人过得更好吗？

也许是事先已经听说了，双方父母见面的时候，亲家夫妇没有问起大女儿的任何事情。贞雅婚前最后一次生日，准女婿也一起吃饭，但是他对待贞恩的态度很自然，很平静，只聊了与工作相关的话题。

贞雅也像贞恩当初那样，和男朋友两个人有条不紊地做着婚前准备。“婚礼定在下午一点。我们刚刚看过房子。今天会晚些回去，要去选婚纱。我们要去拍婚纱照。家具送来了，我们去看看……”这样不停地向我报告情况。我以为贞雅是为了不让姐姐难过而在家里故意少说话，事实上并不是这样。一天夜里，姐妹俩喝着啤酒，看着家电和家具订购目录，一起挑选。贞恩若无其事地提出自己的建议：

“不行。虽然只有两个人，可是一周的衣服集中在一起，周末还是有很多衣服要洗。我以前就总是要洗两次。洗衣机要选最大的。姐姐送给你。干燥机只要有地方放，我也想送给你。挂起来晾晒浪费时间，而且肩膀和手腕也会很疼。对了，还要多买毛巾和内衣。”

我故意远远地坐在沙发上看书，听着从厨房传来的对话。原来是这样。我想象着贞恩启动洗衣机，晾衣服，然后又启动洗衣机，晾衣服，因为肩膀疼痛而呻吟的样子。明明是大家都会做的平凡家事，可是知道我女儿吃了苦，却让我心里很难过。

贞恩似乎也在有条不紊地办理离婚手续。“和尹先生聊过了。材料已经交给法院了。找到房子之前，我先住在这里。分给我的财产都收到了。我要先去一趟区政府，然后上班……”她不停地向我转达着进展情况。有一次她打电话，问我和丈夫的身份证号码。

“怎么突然要爸爸妈妈的身份证号码？”

“啊，不知道，30 多岁的成人离婚，为什么要父母的身份证号码，真搞不懂。”

我想可能是要办什么手续吧，就告诉了她，然后挂断电话。大约一小时后，贞恩又打来电话说，刚才有点儿不耐烦，对不起。我说没关系，事情办好了吗？贞恩回答说，现在全部结束了。全部。从哪里到哪里算是“全部”呢？我感到恐惧和茫然，挂断电话，独自哭了许久。

我没什么可做的。女儿长大了，不会再对我诉说她的痛苦，也不会向我求助。她们不需要我的哄劝，也不需要我的安慰。就这样，贞恩离婚，贞雅结婚。

我的日常生活没有变化。早晨去居民中心的瑜伽教室，白天在卖紫菜包饭的店里兼职，晚饭几乎每天都是自己吃。今天丈夫有约，我想着要不要去马路对面新开的寿司店看看。活了一辈子，我还从来没有独自在饭店吃过饭呢。从现在开始，我想尝试一下。明天，我要一个人去看电影，周末独自去汉江边散步。

写给镇明爸爸

7点钟，儿子家的小女儿睡着了，女儿家的兄妹俩还没到。啊，智友现在放假，暂时住在我这里。今年年初，儿媳妇重返职场。她从生孩子开始辞职，到现在已经8年了。白天照顾智友，夜里学习，考了什么资格证。现在的年轻人找工作有点儿难吧？智友妈妈昼耕夜读，40多岁仍然找到了工作。太厉害了，我连连说，“哎呀哎呀，真棒，真棒”。当时我怎么也没想到，放假时会把智友彻底放在我们家。

女儿也是一样。问也没问我的意思，直接搬到了我们隔壁单元。原来说我只要在秀彬读幼儿园期间帮忙就行了，随后又生了江彬，现在已经6年了。镇明爸爸，以前我不知道幼儿园放学那么早。我以为只要在女儿值夜班的时候帮忙照看一两次就行呢。其实就算知道，我也不能不帮忙照看外孙子外孙女。子女们为生计奔波，我怎么能说不愿意。

我已经适应了这样的生活，没觉得难，也没感觉累，只是最近每天要准备三顿饭，还有一顿加餐，的确有点儿力不从心。现在应该是给孩子们准备早餐的时间，可是今天我不想做饭，早早睁开眼睛，给你写睽违已久的信。

赶上假期，家里多了三个孩子，真的很累。幼儿园放学了，很多奶奶们带着孙子孙女到游乐场玩儿。孩子们自己玩儿，我们一起聊天。天晚了就在附近餐厅吃饭，然后回家。我带着三个孩子，无论是去游乐场，还是去餐厅都不方便。没办法，我们只能在家里吃饭，然后收拾，吃饭，再收拾。家里有多乱就别提了，满屋子都是乱七八糟的玩具、蜡笔、彩纸，童话书。孩子们就在这中间疯狂地跑来跑去，一会儿滑倒，一会儿撞伤，一会儿打架、哭闹，真让人应接不暇。

我不能辅导孩子们学习，这让我很操心。儿媳送来了读书笔记和日记本，每天要做的练习题也都做了标记，可是智友连翻都不翻。有时我说你再这样会挨妈妈的批评，她就跟我说都做完了。上周五，儿媳来接智友，发现她作业一点儿都没做，狠狠地批评了孩子。我在旁边别提多难堪了。

也不知道儿媳从哪儿打听到的，在我们家附近的数学辅导班报了假期特讲课程，还报了跆拳道会馆的跳绳课、琴行的竖笛课。假期里，辅导班老师每周来我们家一次，用儿子的话说，不是为了辅导智友学习，而是怕我太累，一个月里白天黑夜都把孩子交给我，感觉很内疚，所以让我趁着智友去辅导班和学习的时间放松休息。两个人都要上班，因为孩子放假而奔波劳碌，对我感到歉疚，放心不下的人不是儿子，而是儿媳。看到儿媳那么辛苦，我只觉得心疼和感激。

现在的人大概都是这样生活的吧。子女们把孩子全权托付给上了年纪的父母，心怀歉疚；老人们觉得自己不能好好陪孙子孙女玩儿，也不会辅导学习；孩子们上辅导班忙得团团转，疲惫不堪。花了不少钱，付出很多辛苦，一家人不能经常见面，彼此都很累，真不知道为什么会这样。

这么看来，我们年轻时养孩子简直养得太容易了。开米店的时候整天耗在店里，米店关门后，我们两个人都忙工作，忙得晕头转向。你三班倒开车，回家就睡觉。我为了多赚点儿钱，把孩子们留在家里，自己去上夜班。每天早晨往孙子孙女们的书包里放餐盘和水杯的时候，我都后悔。要是以前帮孩子们装一次书包就好了，帮他们准备一次东西就好了。

有一件事，直到现在我仍然觉得对不起女儿。大概是她五六年级的时候，我忘了在她的试卷上签字，结果她在教室后面被罚站一小时。这还是住在我们楼下的她同班女孩告诉我，我才知道。我问女儿为什么不告诉妈妈，那个小人儿说，没什么大不了的。她不但没生气，没哭闹，没有抱怨父母，反而说没什么大不了的。这更让我内疚。也许是因为这个缘故，现在我才帮他们带孩子。

前不久，我带着孩子在游乐场玩儿，一位经常见面的老太太问我，是孙子还是外孙？我说是外孙，她又问，女儿是做什么的？我想炫耀一下。明明知道这样很没有分寸，却还是都说了出来。我女儿上学时从来没丢过第一名，从来没上过辅导班，却考上了首屈一指的名牌大学。现在的单位是我们国家最优秀的大企业。那位老太太立刻说，哎哟，零分女儿啊。

最近有这种说法。全职主妇女儿 100 分，准时下班的公务员或教师女儿 80 分，晚饭前能赶回家的职场女儿 50 分，夜里 12 点才下班的大企业职员女儿是零分。女儿工作时间越长，老人就越需要长时间帮忙照顾外孙。镇明爸爸，我们的女儿，我们引以为傲的女儿是零分。我很失落，很伤心，一时之间竟然无法反驳。其实看孩子真的很累。

7点半，女儿送来还没擦掉眼屎的外孙子外孙女，我照顾他们吃早饭，洗漱，送上幼儿园班车，打扫卫生，出去买菜，很快就到了下午2点。我把孩子们接回来，整个下午都要照看。从去年开始，女儿变得很忙，每天都加夜班，孩子们在我们这里吃完晚饭，晚上我索性把他们送回女儿家，帮他们洗澡，哄他们入睡。睡觉的时候，一定要躺在旁边读书给他们听。好不容易把孩子们都哄睡了，偶尔我会流泪。

手腕、脚腕、肩膀、腰，没有一处不疼的地方。我抱着秀彬站起来的时候，扭到了腰，现在还没好。上个月还得了带状疱疹，我仔细观察，发现我们的女儿也很累。她是那么聪明的孩子，对老人照看小孩能满意吗？表面上说妈妈您自己看着办就行，您看着办吧，其实她心里肯定很焦虑。

有一次，我好不容易把孩子们的内衣和毛巾煮沸消毒，女儿却不耐烦地说，那是经过抗菌处理的布料，不能用沸水煮。为了做辅食，我把蔬菜切碎，分成小份儿。女儿却说这不是有机蔬菜，不能给孩子吃，然后自己做成炒饭吃掉了。幼儿园全托班需要抽签，结果遭到淘汰，被分到了两点钟放学的常规班。女儿说，那有什么办法？那个样子别提有多讨厌了。不过，最讨厌的还是对自己孩子的事情坐视不管的女婿。不对，我们的儿子也是这样，我能怪谁呢。

我们以前说过，等孩子们都结婚了，我们就可以轻松地散步，运动，偶尔出去旅行。原来还以为工作了一辈子，终于可以安心休息了，谁想到现在又要照顾孙子孙女们。

你的葬礼结束之后，我患上了抑郁症。我们不是喜欢在电视购物频道看旅行商品广告吗？春川、丽水、济州岛、日本、夏威夷……我们把想去的地方记下来，想着等孙子孙女们稍微大些再去。可是镇明爸爸，你为什么走得那么早？别人都说这算是喜丧，可我并不这么认为。因为我们约定将来要一起做的事情太多太多了。

回想起来，我的抑郁症都是孙子孙女们造成的，不过我也是因为他们才能笑着生活。也不知道他们是怎么判断出来的，只挑我做的菜吃，画画的时候常常把奶奶画在自己旁边；父母节他们给我康乃馨，而不是给爸爸妈妈。去年冬天，秀彬把幼儿园圣诞节时做的许愿树带回家，上面歪歪扭扭地写着“奶奶身体健康”。

再过一周，孩子们的假期就结束了。现在，我盼着假期快点结束，可是等到大孙子回自己家，外孙子和外孙女也去了幼儿园，我说不定会感到空虚。

镇明爸爸，你不知道吧？从女儿小时候开始，我就经常对她说，“不要像妈妈一样生活”。我让她想学什么就学什么，找到自己想做的事情努力去做，多多赚钱，以自己的名义买房买车。看起来女儿有点儿辛苦，不过的确是在这样生活。要想让女儿继续这样的生活，恐怕我还要照顾外孙子外孙女很长时间。

有一次，女儿在外面聚餐回来，喝了很多酒。她放声痛哭，说对不起妈妈，我的心里很不是滋味。她有什么好内疚的呢？她只是按照我教的那样，认真过日子罢了。镇明爸爸，我其实有点儿委屈，有点儿郁闷，又觉得好累。我是我父亲的女儿，是你的妻子，孩子们的妈妈，现在又成了秀彬的奶奶。那我的人生究竟在哪里呢？

哎呀，已经 7 点半了，我该去做饭了。

奶奶的决心

成礼住在庆尚北道星州苏城里，72 岁那年，也就是 2017 年的父母节那天上了电视。

去瓜棚的路上，身后传来刺耳的咣当声。她以为是有人推着手推车过来，转头一看，是一辆军用吉普。不，是坦克。不，是形体不明的庞大怪物冲向成礼。成礼不停地奔跑。不料，脚腕好像捆了石头，腿很沉重，怎么跑也还是原地踏步。要死了，我就要死了。活了70多年，无论人、动物，还是自然都没有什么好怕的，可是这个怪物不同。她的下巴在颤抖，心惊胆战。救命啊！救命！明明是在大喊，可是喊声却牢牢地卡在心里，发不出任何声音。她又一次用尽全力大喊，救命！

“啊啊啊！”

“救——命——啊”，她发出来的不是音节，而是尖叫。大概是睡觉时流了太多汗的缘故，每当有风从微开的窗户吹进来，脊背就感觉冰凉。她经常做类似的噩梦。走在熟悉的乡村小路上，后面有庞然大物追赶自己，好像要扑上来。噩梦就是从那天之后开始的。窗外还是漆黑一片。她看了看表，快4点了。反正很快就到起床时间，成礼索性从冰箱里拿出黄瓜凉汤，泡了一勺做完吃剩的米饭。虽然没有胃口，但是饿肚子会没力气，她呼噜呼噜喝下一碗后出了门。

每天凌晨5点，成礼要去瓜棚。因为白天太热，只能趁着早晨把活儿干完。在热烘烘的大棚里干活儿，很快就喘不过气来，汗流浃背。3 年前，丈夫去世后，成礼大大缩减了农事规模。种的甜瓜仅能保证自己吃饱饭，农作物够分给子女们就行了。今年，甜瓜的收成不如去年。她用喷雾器给雌花人工授粉和间苗。这一切都是因为萨德。

星州邑行善炮台被列为萨德部署地后，当地年轻人纷纷来到山村的角角落落，向人们解释萨德问题。听了村庄会馆的说明会后，成礼才对萨德问题有所了解。星州也好，漆谷也好，首尔也好，都没什么不同。萨德威胁到所有人的生存，对经济也会构成打击。伤害环境，也会摧毁人心。他们去向郡长抗议，举行烛光集会，参加和平游行。

针对更换部署地的问题，混乱持续了许久，最后定在奶奶家附近的高尔夫球场。村庄的奶奶们轮流堵在高尔夫球场门口，不让萨德运进来。凌晨，突然有油罐车驶入村庄，奶奶们从睡梦中惊醒，纷纷冲了出来；刚刚做好饭，听到警察闯入的声音，连筷子都没拿，直接跑出门去。这样的状态持续了好几天。即便这样，萨德还是在深更半夜运进了高尔夫球场。居民们横冲直撞，摔摔打打，邻居老爷爷肋骨骨裂，成礼也磕坏了一颗门牙。他们不能放弃。

洗干净收获的甜瓜，包好包装，这时已经11点多了。如果换在以前，这个时间可以早早吃午饭，再睡一觉，稍做休息。最近几天，她做完事就直接去村庄会馆。去会馆的路上，沿着围墙排列的壁画和条幅依然很陌生。会馆门前的许愿塔上放着成礼小心翼翼摆上去的扁圆石头。婚后随着丈夫来到苏城里，已经住了50年。别说大事，这个村庄连小事都没发生过一件，还是第一次见到这么多不知道名字的陌生人在村里走来走去。

他们干脆在村庄会馆的院子里支起大锅，成礼和别的奶奶们一起做饭，少则二十人，多的时候要做一百多人的饭。晚上就要开始煮汤，收拾汤料，拌蔬菜，第二天端上客人们的桌子。一起受苦的村民们，守在会馆周围和高尔夫球场门口的邻近地区的居民们，每当举行大型集会时都会前来助阵的人们，至少要保证他们的一日三餐。尽管是出于感激而主动要做，却不会因此就感觉不到疲劳。一边做农活儿，一边抽空看守高尔夫球场大门，还要按时做饭，收拾餐桌，四处奔走。这段时间里，成礼身心都受到了重创。

偏偏赶在父母节那天，萨德部署无效化诉讼的第一次审理在首尔进行。苏城里居民作为当事人，不能不去，于是他们租了一辆小型巴士。早晨 6 点钟，成礼到村庄会馆门前准备上车，看到邻居老奶奶驼着背站在巴士前。

“哎哟，您老人家出来干什么？也要去吗？”

年迈或身体不便的人不适合长时间乘车，带着辅助器材移动也困难，只有像成礼这样年轻而健康的奶奶参加。邻居老奶奶年近 90，却还是拄着拐杖出来了。

“不是的……”

老奶奶把套在手腕上的塑料袋一个一个递给成礼。里面装着六袋海绵蛋糕和六个易拉罐饮料，让他们在路上垫垫肚子。

“你们也老了……还要受这份苦，谢谢你们，我到死也会记住你们的恩惠。”

老奶奶逐一拍打每个人的肩膀，把大家都送上车，自己仍然佝偻着后背站在那里。成礼打开车窗冲老奶奶挥手，直到看不见她的身影。

到达首尔，市民团体和宗教团体前来迎接。面对意想不到的热情接待，成员有些不知所措。欢迎的人群还为他们戴上了康乃馨。以前每到父母节，住在大邱的两个儿子和儿媳、孙子孙女们请成礼吃饭，送康乃馨，还给零花钱。今年因为萨德问题忙碌，没能和他们见面。本来她就在努力按捺复杂的心情，现在看到康乃馨，眼泪都快掉下来了。

“谢谢，真的太感谢了。”

只会做家务和农活的乡下奶奶还能受到这样的待遇，和素不相识的人也能情深如母子。如果没有这些人一起呼喊，一起行动，一起斗争，恐怕也无法到这里来。

走进法庭，成礼做好了心理准备。哪怕冒着被赶出去的危险，也要把想说的话都说出来，还要大声抗议。国防部方面的发言很弱，甚至听不清楚，根本谈不上抗议不抗议。居民方面的辩护律师逐条指出程序和内容方面的错误，有四位老奶奶也提出了自己的意见。法官没有限定次数和时间，一直听奶奶们把话说完。仅凭这些，奶奶们的心结似乎解开了一点儿。

她们去美国大使馆送甜瓜，却在门口被警察拦住了。成礼个子很小，还不到警察的肩膀，除了警察形成的壁垒，什么都看不到。奶奶们只能拜托警察转交甜瓜篮子和书信，然后就回来了。她们相信那些人吃过星州甜瓜后，一定会改变主意。她们只想说“我们苏城里村的甜瓜很好吃”。

第二天，成礼病倒了。吃了邻居奶奶送来的一碗面条，躺了整整一天，翻来覆去。正在这时，读初中二年级的孙女打来电话。

“奶奶，您在哪儿？”

“还能在哪儿，当然是在家里了。”

“真的是在家里吗？最近奶奶不怎么在家的，不是吗？”

“你又在说什么？”

“奶奶您去首尔了吧？我在新闻上看到您了！”

刚到首尔的时候，走进法院和走出法院的时候，走进美国大使馆的时候，都遇到很多相机。几个年轻人一直跟在身后，问现在苏城里怎么样了，农活儿怎么办，法院怎么说等等。成礼尽可能做了如实的回答。因为她希望报纸和电视多加报道。看来真的上了新闻。更多人知道这件事，成礼感到庆幸，同时又担心子女和孙子孙女们不高兴。

“奶奶太棒了！我在辅导班到处炫耀，朋友们都说奶奶好酷！”

听了孙女这番话，成礼才放下心来。这回她还是有些难为情，开始顾左右而言他。

“奶奶拍得好看吗？”

“呵呵，一模一样啊。”

孙女咯咯地笑个不停，也不知道有什么好笑。说了一会儿，孙女嘱咐她不要受伤，然后挂了电话。

接完孙女的电话，成礼觉得心里更踏实了。就算别人想到自己就聊到萨德，或是被称呼为“萨德奶奶”也无所谓。顶着萨德也好，铺着萨德也好，反正来日也不多了。可是本来就没什么可以留给子孙后代，总不能把萨德留在他们生活的这片土地上吧。哪怕是为了子孙后代，成礼也不能放弃这场战斗。

第四部

在无数未知的路口——

我追寻隐约的光

复读之变

2016 年秋季，友敬读高三，距离高考不到一年的时间。数学辅导班的周六特讲已经旷课两个月了。

“超市里卖蜡烛吗？会有烛泪滴落，需要带着纸杯吧？”

“你想被火烧伤吗？谁带真的蜡烛去啊！哎哟。”

朋友们都在盯着各自的手机。友敬新关注了几个媒体

SNS 账号。她专注地翻看着新上传的报道，荷娜在搜索集会需要准备的物品。

“听说现场有很多卖电子蜡烛的，到那里再买就行。有人说最好带些坐垫和毯子之类，会不会成为累赘呢？”

正式集会从 6 点开始，不过事前有很多活动，还需要占位置，所以见面时间定在 3 点钟。荷娜盯着每个人，像是等待他们下保证似的说道：

“不要迟到！ 3 点钟，检票口门前，没来的人我们就不等了！”

“喂，你自己不要来晚！每天都迟到。”

荷娜眨了眨眼，伸出拳头，似乎是让大家不要担心。没有人回应。坐在最远处的友敬伸出胳膊，跟荷娜碰了碰拳头。

妈妈用保温瓶给她带了温水，还有盖毯、保暖贴和雨衣。一边准备一边不停地说：“高三了还不学习，高三了还不学习。”

“爸爸妈妈今天不出门吗？”

“今天妈妈值晚班，爸爸要给弟弟做饭。对了，穿好袜子，免得冻脚。”

友敬从妈妈的抽屉里翻出登山用的毛袜穿上。脚变厚了，穿不上运动鞋，为此费了不少力气。好不容易穿上鞋子，背上比预料中更鼓的背包，准备出门。这时，妈妈叫住了友敬：

“友敬啊，等一下！出去的时候顺便把垃圾袋扔掉！”

“知道了，快给我吧。”

阳台上不时传来妈妈的自言自语：“好了，好了，怎么不行呢？”紧接着是尖叫声。又裂开了。妈妈总是使劲按压垃圾袋，装得满满当当，然后什么东西把袋子戳破，妈妈再用胶带粘。友敬不喜欢这样。一个垃圾袋值多少钱？友敬既伤心又郁闷，头也不回出了门。

“啊，不管了！我迟到了！一会儿妈妈自己扔吧！”

时间所剩不多了，好在没有迟到。她只是不喜欢这一切。

没想到有这么多、这么多人。有生以来第一次见到这么多人。那么多人都是手里拿着蜡烛、身穿校服的同龄人，真让人不寒而栗。望着准备好的舞台，听着发言，友敬一时产生错觉，还以为自己是来参加庆典活动。

烛光冲浪开始了。不过一两分钟的时间，烛光浪潮变得汹涌起来，喊声伴随着浪潮靠近，越来越大，充斥街头。友敬不停地吸气，仿佛忘了应该怎样呼吸。激动，眩晕，好像真的要失去意识。正在这时，浪潮涌向友敬所在的地方。她没有被埋没，也没有被推走。友敬也变成巨大的波涛，竭尽全力地发出响亮而持久的喊声。

突然，友敬想起了刚才没有扔掉的垃圾袋。她也不知道为什么会突然想起那个瞬间。一个个舍不得用的垃圾袋，害怕阶梯式电费太高而不敢开空调强忍暑热的日子，深夜才下班的父母……她无法忍受自己把这一切都视为日常。在恍惚和混乱中，友敬给妈妈打电话，大声问道：

“妈妈！刚才的垃圾袋扔掉了吗？”

“你打电话就是问这个？”

“嗯！要是还没扔，就不要扔！等我回去扔！”

“早就扔掉了！你怎么说这些？”

“没什么！妈妈，对不起！”

“妈妈在工作呢，挂了，早点儿回来！”

荷娜想起后知后觉准备高考的姐姐。姐姐从实业高中毕业后直接参加工作，一年之后辞职，说要上大学。听人们说什么专业、学号之类，姐姐也想去大学里看一看。备考并不容易。姐姐从小既聪明又踏实，所以没有选择升学，而是选择了就业。她经常说，要是早点儿开始就好了，高考太难了。对姐姐来说那么困难，那么复杂的事情，对有些人来说却不值一提。这个事实让荷娜走向街头。

另一位朋友想起了两年前的船难。她多次去往灵堂，直到现在书包和笔筒上仍然系着悼念的黄色飘带。她实在无法把这些当作是远方陌生人的事情，内心感到忧郁和恐惧。关于这件事，她很想追根问底。每个人怀着不同的想法、情绪和过往，提着蜡烛聚集而来。

那天夜里，友敬躺在床上看手机，看到了解释总统弹刻方法、程序和时间的视频，就上传到聊天群里。叮咚，很快就弹出另一位朋友的信息。“这个会不会成为明年的高考题？”如果这个内容真的成为高考题的话，如果真的答对了，应该开心呢，还是会感到苦涩？

那天本来应该是高考前一天。友敬在读书室里看着笔记，做最后的复习。这时，她从荷娜那里听说了这个消息。她说你不要开玩笑。荷娜打开手机屏，搜索出那条报道给她看。她还是不相信。

“高考延期，我们国家不可能这样的……”

她无法理清头绪。收拾书包准备回家的时候，妈妈打来了电话。

“没……事吧？没关系，没关系，所有人都一起延期。”

“啊，不知道，完蛋了。”

不仅是学习的事。从一个月前开始，连睡觉、起床、大小便时间都严格按照时间表进行了调整。不能感冒，不能拉肚子，不能便秘，不能过敏，所以对饮食也很小心。

为了不在考试当天来月经，她从3个月前开始服用避孕药，调整生理周期。现在，一切都乱套了。

回家看新闻，一名学生在临时躲避的体育馆里裹着毯子看书的情景被相机捕捉下来。看到不安、急切而茫然的同龄朋友，友敬为自己刚才的烦躁感到羞耻。

第二天早晨，同学们走进教室，带着虚脱似的笑容。悲情的1999年生朋友，20世纪的尽头，出生在因金融危机而最困难的时期，一起经历了大韩民国所有莫名其妙的事件和意外的一代人，历史上第一次在高考前日碰上考试推迟的一代人。

一周后的高考试题中没有出现弹劾总统的问题，友敬考得一塌糊涂，距离录取分数线差了一点点。数学、英语的等级都比预想的降了一级。自主招生和统一招生都没有通过，跟父母商量后，她决定再复读一年。父亲遗憾地自言自语：

“要是不延期就好了。”

母亲轻轻地瞪了友敬一眼，说道：

“高三近在眼前，还去参加烛光集会，那时我就预料到了。”

友敬摇头。

“所有人都一样延期。当时一起去光化门集会的朋友们都考上了，只有我落榜。”

“什么叫只有你落榜？考大学也好，就业也好，复读、再复读的人都多着呢！”

以前友敬决定自己长大成人后也分担家务，但是因为复读，这个承诺推迟了一年。友敬说，分类回收和扔垃圾袋的事情由她负责。没有什么原因，她只是想这样做。

老橡树的歌

时间应该足够通过人行道，可是信号灯刚变黄色，出租车就开始减速，没等红灯亮起，就停在了等待线前。

“想听首歌吗？”

突然，年纪大概有60多岁的出租车司机拿起放在副驾驶位置的木吉他，开始演奏。

“我的刑期已满，正要赶回家……”

一首常听的歌。《老橡树上的黄丝带》，这是结束监狱生活回家的男人送给妻子的歌。他对妻子说，如果你还在等我回家，那么请在村口的老橡树上系一条黄丝带。我记得很久以前在杂志上读过。绿灯亮起，司机赶忙把吉他放回副驾驶，重新握起方向盘。

“做歌手是我的梦想，以前还谱过曲，现在彻底放弃了。”

“原来是这样啊。”

我喝醉了，只是礼节性地回答。司机并不介意，继续说道：

“我想唱歌，也有想见的人。如果您不喜欢听，请告诉我。”

我偶尔会以大学生记者的身份在新闻网站上传文章，突然觉得弹吉他的出租车司机可以成为新闻主人公。在交叉路口，在人行道，我又听了几段，到达家门口的时候，我正式做了自我介绍，并且说我还想和他多聊会儿。司机有些尴尬，我决定不关里程表，问他想见的人是谁。

“我那时很不像话，说要做音乐，一分钱也不给家里，还指手画脚……”

很长时间他都没有放弃自己的梦想。加入组合，前往音乐咖啡厅和活动现场唱歌，可是连零花钱都赚不够。也曾带着试音带找过多家唱片公司，最终也没有得到机会。他对通过媒人介绍认识的妻子没有丝毫感情。双胞胎女儿出生的瞬间，他还在和一起做音乐的人们通宵喝酒，抱怨这个世界让他怀才不遇。即便如此，妻子也没有埋怨过他，而是独自抚养着两个女儿。直到现在，他也不知道妻子当时是怎样维持生计的。

除了这些，他还出过轨。任何情况下都没发过牢骚的妻子，唯独这件事不肯放过他。闻味道，翻口袋，不让他换电话。他外出的时候，妻子悄悄尾随，带着两个女儿去音乐咖啡厅，从早到晚监视他。有一天，妻子和两个女儿突然失踪了，没有留下只言片语，也没和亲戚朋友联系。这已经是 20 多年前的事了。

“现在我知道她们在哪儿。女儿们还是学生，一边工作一边学习。我也帮不上忙，怎么好意思主动联系她们呢。我盼着她们偶然坐上我的车，曾经在她们附近转来转去。我在孩子们的学校附近转来转去，一次也没遇到，可能她们不坐出租车。我应该去开公交车……”

他搔着后脑勺，难为情地笑了。车费持续上涨，我说我想把歌听完。他又拿起吉他。我觉得他可能会不喜欢露出自己的脸，就主要拍摄他弹奏的手和轮廓。

“现在，整车的乘客都在欢呼。我无法相信我所看到的。我要回家。”

唱到“老橡树挂满了上百条黄丝带”的时候，他的眼角含着泪水。我也有点儿感动。付他的车费比平时高出3万元。

报道反响不错，还上了门户网站的主页。大部分评论都说自己重新思考了家庭的意义，或者希望得到妻子的谅解，希望妻子幸福。几家电视台想要采访出租车司机，可我并不知道司机的联系方式。故事似乎就在余韵中结束了。

傍晚时分，有人留言说见过弹吉他的出租车司机。副驾驶上放着木吉他，每次等信号灯时都会弹唱经典老歌，前面的头发已经花白的出租车司机。不过每段留言提到的故事都不相同。为了寻找因为父母反对而分手的初恋，为了寻找离家出走的儿子，为了寻找因为贫穷而从小被人领养的小弟弟……有人像我一样，为了把歌听完而多付车费，有的只是想帮助他而随手给他些钱，更多的人不肯收他找回的零钱。反对留言和抗议电话接踵而至，最后不得不发文道歉，撤回原来的报道。

我给留言的网友发邮件，向私人出租车工会咨询，辗转出租车停车场四处打听，还是没能找到他。当时为什么没想到记下他的车牌号呢？现在我也没有什么办法，可我不知道他为什么要这样做。我心疼自己为他花费的时间和金钱，也为自己写了假报道而气愤，同时更感到羞耻。不论是否属实，我把别人的不幸当成了令人心疼的故事加以传播。

我的父亲是个有能力、亲切而又彬彬有礼的人。或许是这个缘故吧，身穿西装的中年男人流泪哽咽的样子，

我在父亲的葬礼上第一次见到。从来没让后辈帮自己买咖啡；即使关系亲密也经常用职务做称呼，使用敬语；即使对方是下属员工，也常常主动打招呼。听着他们说起这些往事，感觉他们记忆中的父亲和我记忆中的父亲截然不同。

白手起家的父亲无法理解平凡的女儿们。尤其对我这个大女儿，父亲寄予了很高的期望。如果他的期待未能得到满足，那么他会毫不犹豫地对我施加惩罚。每次考试我都会挨打，成绩下降多少就挨多少打，小腿变成青紫色，初秋时节就要穿上黑色长筒袜。废物、垃圾、饭桶，这些话我都习以为常了。父亲葬礼期间，我一滴泪都没流。

我明明知道暴力有时是多么隐晦，会留下多么深的伤口，但我还是写了那篇报道。那些流传于世间的众多温情、新奇、令人惋惜、流泪的故事，又有谁蜷缩在背后？我讨厌自己的疏忽和无情。从那之后，我再没有写过报道，仍然在寻找那夜的出租车司机。

大女儿恩美

大女儿恩美现在就读于商业高中二年级。

我的第一句话是："你为什么？"我无法忘记当时恩美的表情。大概一点儿也没料到，她惊慌失措地盯着我看了一会儿，反问道：

"妈妈你的准确问题是什么？是觉得女儿去商业高中很奇怪，还是想知道我为什么去商高？"

“两者都有！两者都想知道！我不理解，不喜欢，为什么？你为什么不考大学？妈妈交不起学费吗？还是你的成绩不够考大学？究竟是为什么？”

我大发雷霆。这是我第一次这么大声地冲恩美发火。从没让我失望过的大女儿，不过这并不意味着她是模范生或优等生。虽然是我的女儿，但我还是会客观而冷静地做出判断，恩美是个非常平凡的孩子。小学低年级时，她也像同龄孩子那样去了钢琴和美术培训班，学过短期的游泳和芭蕾，只是在哪个领域都没有展示出特别的才华。她也不是那种很上进，很喜欢学习的类型，不过作业和考试复习倒是完成得很认真。成绩也算不错。

孩子过于按部就班，我有时会感到郁闷。她就是这样一丝不苟，不折不扣。应该适合做金融工作，或者也能当个好老师。我以为恩美会考上人文高中，参加高考，上大学，然后参加工作。严格来说，我并没有特别想过这件事，因为这就是理所当然的。现在，恩美竟然说要上商业高中。

刚上初三的时候，恩美的学长学姐，已经考入职业高中的前辈们来学校做宣传。恩美说姐姐们好漂亮，好聪明。她们穿着用心洗涤和熨烫过的合身校服，笔挺而松软，像拆旧毛衣似的滔滔不绝地念出学校的优点。面对调皮后辈们的提问，她们也对答如流：

“配餐好吃吗？”

“我一年长了3公斤。”

“考大学的时候有什么优势吗？”

“首先是容易得到好的学校考核成绩，如果是相关专业，面试中也有优势。不过，我并不想宣传我们容易上大学这点。为什么想上大学？上大学是最终目标吗？我想说的是，我们应该想想自己真正的梦想、目标和计划。”

我们都很清楚现在就业有多难。恩美爸爸是大牌贸易公司的人事部部长，前不久发出招聘广告，要招聘两名签约职员，结果收到一百多份简历。恩美爸爸叹着气说，不知道这应不应该高兴。公务员也是一样。刚刚分配到区政府的新员工们，学历高得令我吃惊。最早出现了“三抛一族[1]”，后来又出现了“五抛一族”和“七抛一族”的说法。我们没有钱可以留给女儿们，也没有坚实的背景，只能给她们提供和别人一样多的受教育机会，让她们像别人那样学习。

恩美说，很多企业都在逐渐扩大在职业高中的选拔范围，而且还有职业高中公务员特别聘用制度，比普通公务员考试更有利。她把前辈给她的宣传资料递给我，指着多样的校内活动、课后课程、奖学金制度、就业现状，逐一解释给我听。她说，现在职业高中的氛围和社会对职业高中的看法都发生了很大的变化。恩美眼里泛着光，试图说服我。看着她的样子，感觉年少时的我和恩美的面孔重合在一起。当初我也是这样。拿着初中三年的成绩表和班主任老师的获奖学生推荐书，努力说服妈妈。妈妈责备我丝毫不为弟弟妹妹们考虑，说我自私。不过，我最怨恨的不

1 因为生活艰辛而放弃恋爱、结婚和生育的年轻一代。“五抛一族”增加了人际关系和购房，“七抛一族”又增加了梦想和希望。——译者注

是妈妈，而是背对着我，只顾看电视的爸爸。

16岁的我放弃人文高中，就读了著名的女子商高。我拼命努力做到最好，不顾一切地留下美好的回忆。对朋友、丈夫和孩子们说起来的时候，仿佛这就是我自己的选择，我的前半生。

“妈妈多令人骄傲啊，那是当时最好的名牌学校。没等毕业就去银行工作，比大学毕业的职员晋升得更快。”

“是的，是这样的。后来我参加公务员考试，上了广播通信大学。你觉得妈妈为什么一边养育你们俩，一边忙碌工作，还坚持要考大学？”

我终于说出了不能和同龄人一起上大学的遗憾，以高中毕业生的身份参加工作时感受到的局限。抛开这些不谈，作为早些踏入社会工作赚钱，有过和人打交道经历的人生前辈，我想强调一点，在韩国社会，大学的意义不仅是单纯的学历问题。静静地听我说话的恩美开口了：

“我为妈妈感到骄傲，一直都是这样，现在也是。”

啊，我无话可说了。我后悔和埋怨的理由究竟是什么？

因为女儿去商高？不能上大学了？因为这不是我自己的选择？最后我屈服了。恩美考上了一所商业高中的金融系。

恩美非常努力。她加入资格证准备班和经济报社团，还积极参加就业夏令营、创意展评会、经济金钟等校内大赛。

“如果累，你可以说出来。谁让你当初不听妈妈话的？这种话妈妈不会说。”

“很累。语数英这三门课就已经很难了，还有商业、经济、会计、金融……科目太多了，放学后我也很努力地去听课，可还是很难跟上。”

恩美的学校里，和她同期升入这所高中的孩子只有一个，并且让恩美很伤自尊。初中时她们不是同班，只因为毕业于同一所小学，平时也还打招呼。小学阶段，那个孩子是全校副会长，学习优秀，不知为什么，到了初中就放弃学习了。初一成绩还可以，后来成绩迅速下滑，到了初三就惨不忍睹。恩美说感觉有点儿委屈。她们是小学、初中和高中的同学，本来应该很要好，互相依赖，现在却成了在走廊迎面相遇也假装看不见的关系。

“啊，别扭，太别扭了。”

寒假前的一天，恩美把那个让她感觉别扭的朋友带回了家。那孩子很年幼，看起来像恩美的妹妹，说什么也不肯在我们家吃晚饭，喝了杯薏米茶就走了。

“她说身体不舒服。以前我不知道，她说初中时入学晚了一个月？”

“看来是身体比较弱。”

“不，身体已经完全恢复了，那时我们一起玩儿，玩得很好，就继续玩了。”

那天白天，她们在食堂里偶然坐在一张餐桌旁，聊了很多。朋友说她现在想明白了，想要重新好好学习，于是来借恩美的笔记。

“嗯，多了个要好的朋友，真好。”

“还不算非常要好。”

恩美似乎有些难为情，转头跑回自己的房间。

门前面包店的老板、很久没见的亲戚、偶然遇到的小区里的妈妈们都会问，恩美是文科还是理科？读的什么系？刚开始我会无端生气，也会自惭形秽，现在我直接说，我家恩美不考大学。有人不知所措，有人当成玩笑，我也不去详细解释。

恩美的目标是进入金融监督院。金融监督院每年从职业高中招聘五名毕业生，恩美说要努力学习，积累丰富经历，认真准备考试，必须达成目标。至于我嘛，恩美能进金融监督院当然好了，进不去也没关系，真的没关系。

或许因为这是自己的选择，或许是因为想到即将踏入社会，恩美突然变得成熟起来。这让我放心不下。我希望恩美过得有趣，过得开心，偶尔做错事，偶尔彷徨，在学生时代留下更多的回忆。这些日子一去不复返。恩美也应该拥有青葱、夺目而美丽的学生时代。

公转周期

真淑是图书部的学生，去年二月份毕业。朴真淑，她讨厌自己的名字。

老师，我以后要改名叫智秀。

没什么特别的理由，只要从“真”“淑”二字中各去掉一个收音[1]就行了。去掉收音而已。爷爷为什么

1 韩语中的部分单个文字由辅音、元音和收音构成。——译者注

要给我取这样的名字呢？

我随意看了一眼学生们的家庭住址，发现很多住在13层。附近公寓并不多，为什么偏偏是13层呢？我觉得好笑又可疑。晚上重新看资料，发现不是13，而是B。B，地下，地下一层的孩子，地下二层的孩子，地下三层的孩子……难以想象。地下二层和地下三层，是不是完全没有窗户呢？一点儿阳光也照不到？真淑家住在地下二层。

地下一层毕竟还有一部分露出地面，半地下，您知道吧，老师？只有一半在地下，有窗户，能照到阳光，也能看到外面。我们家完全是在地下。完完全全。从天花板开始就彻底埋在泥土里。如果不开灯，就一团漆黑，什么都看不到。

这倒没什么不便。只要开灯就行了。最难受的是空气不流通。不管怎样开换气扇，食物的气味都散不掉，湿气也除不掉。我们家和地下一层的人家都把衣服晾在公寓楼和隔壁围墙之间的空隙里。地下一层住着一位老奶奶和她的女儿。我也放心地把衣服晾在那里。从去年开始，我不能在那里晾晒内衣了，因为我的内裤和文胸总是不见。也不知道是哪个神经病，竟然翻过那么高的围墙进来。有一次，我晾了新的内裤和长筒袜，可是没被偷走。只偷我穿过的。哈，很变态吧？从那之后，我就把内衣晾在房间里，或者用电吹风吹干，可是又很难彻底吹干。每天穿着没干透的衣服，某种霉菌在滋生，除不掉。啊，烦死了，老师，万一我以后不能生孩子怎么办呢？

学校里有一个贴有“小型图书馆”标志的读书空间，其实也没什么书，“图书馆”的说法显得有些苍白无力。我是最年轻的国语教师，负责“小型图书馆”的运营。我们要定期举行读书讨论会，还要开展读后感比赛和读书知识竞赛。我一个人做有些吃力，于是召集成立了读书部。学生们加入读书部似乎不是为了读书，而是为了休息。他们对活动准备工作没兴趣，经常来翻看杂志和漫画。真淑也是读书部成员。

下课之后，我主要在图书馆工作，真淑几乎每天都过来坐会儿，也没什么事情。她并不看书。我问她究竟为什么要来图书部。真淑反问，会是为什么呢？可是我真的不知道原因。

因为我想待在图书馆。我不想回家，去外面又要花钱。我每天都待在这里可以吗？因为我是图书部成员。

什么？您，您说什么？学习？您现在是要我学习吗？

啊，不，不，不是的……我第一次听到有人让我学习。

爸爸每天提醒我不要惹事，不要和坏孩子瞎混，还说我要是做那些没用的勾当，他会砍掉我的脚。他应该不会真的把我的脚砍掉，不过打断还是完全可能的。我妈妈真的被打到骨折，后来她就逃跑了。我都记得。爸爸总是说让我快点儿毕业赚钱。在学校里，像我这种学习不好，也不惹事的孩子就是透明人。哇，听到有人让我学习，原来是这样的心情。

梦想？哈哈哈哈哈哈哈，今天我听到了很多闻所未闻的话。我的梦想，嗯，我的梦想是住上24坪的房子。小学时我去同学家玩儿，也不是去玩儿，而是去做小组作业，就在前面的第一公寓。我太喜欢太喜欢了，真像电视里的房子啊。一侧墙全部、全部都是玻璃窗，可以看见窗外的汽车，也能看到来来往往的人们，还有其他建筑物。傍晚，太阳落山，阳光落在玻璃窗上，好耀眼！当时我就下定决心，一定要住进这栋公寓。大卧室给妈妈，妈妈腰不太好，我要在房间里放一张床，不让她硌到腰。另一个大房间给双胞胎住，最小的房间留给我自己。我想在阳台晾衣服，想要属于自己的卫生间，没有别人咣咣敲门的自己家的卫生间。

爸爸？我疯了吗？我怎么会和爸爸一起生活？等我开始赚钱，我就不和爸爸住在一起了。我要带着双胞胎搬出来，找到妈妈，我们四个人一起生活。

双胞胎现在7岁，动不动就惹事。每次我去接他们，幼儿园老师都让爸爸来。那也要爸爸肯来才行啊。

有一次，真淑无故旷课一周。最开始，我想她可能哪儿不舒服，没放在心上。等旷课时间长了，我开始担心起来。听说她只是不学习，从来没有离家出走过，也没有和坏孩子瞎混，更没惹过什么事。我想起真淑说过的话，去外面又要花钱。真淑的班主任说真淑家没有电话，真淑也没有电话，父亲也不接电话。接着叹了口气说，看来明天得去找找了。

幸好第二天真淑来上学了。我既高兴又生气，不过还是泰然自若地面对真淑。

嗯，其实，其实我，嗯，是因为那个日子。卫生巾都用光了，量很大，一分钱也没有，我又不能跟爸爸说我需要钱买卫生巾。我就说需要买练习册。

爸爸说他现在没钱，下周才能给我。我等啊等，等到经期结束。我是不是很可怜？平时我都是计算着用卫生巾的，偶尔也会像这样算错时间，所以就不能上学了。

在家里？我用穿小的棉T做了几个布卫生巾，吸收性不好，容易漏，所以只能在家里用，不能来学校。洗过之后挂在门把手上，瞒着家人偷偷晾干，可是需要好几天时间。白天我就蹲在洗脸池下水口旁，腿酸了，肚子疼了，就垫上棉T卫生巾躺会儿。那都是妹妹们穿小的衣服，如果太湿，直接就扔掉……

保健室？唉，偶尔着急的时候，借一片也可以，总不会给你一个月的用量。借的时候还要写上学年、班级、姓名，不知道要听多少唠叨。什么女孩子连卫生巾都不想着带，这怎么能行；什么最好是找朋友去借。老师，为什么女人要来月经？我真的好讨厌月经。别扭、难受、疼痛，而且卫生巾太贵了。本来零花钱就不够，这也舍不得买，那也舍不得买，每次买卫生巾的时候，我都想把子宫摘掉。

这一周我也处于生理期。包里放着卫生巾袋，里面装着卫生巾日用型、夜用型、内裤型各一片。我想送给真淑一个卫生巾袋，让她随身带着，以备急用，可是我没有说。现在，真淑需要的不仅是一片卫生巾。我也经常觉得经期又疼又不方便，却从没想到卫生巾的价格也会成为负担。我们家衣柜里有个卫生巾篮，妈妈、我和妹妹的卫生巾总是按不同种类摆放在里面。

我捂着肚子，每天服用镇痛剂，强忍着上课的一周里，真淑光着身子往下水口滴血，或者用旧衣服垫着擦拭身体。上周的教室里肯定也有处于经期的女孩子，像平常一样吃饭、考试，有体育课的日子到操场上跑步。舒适、熟悉、安稳环境下的生理期没什么大不了，否则就有可能成为很严重的事。

毕业典礼那天，真淑仍然扭扭捏捏地来到小图书馆。

谢谢您。

啊，谢谢您把我送到高中，也谢谢您这几年听我说了很多没用的话。我没想过胡说八道会给您带来困扰，可您总是静静地听我说，所以我就经常说了。老师，耽误您的时间我很抱歉，请把我说过的琐事全部忘记吧。但是老师，我恐怕无法忘记您。

真淑本打算毕业后直接找工作。我一次次劝说，又帮她交了入学金和第一学期的学费，送她上了高中。刚开始偶尔还会打电话。她说自己学习成绩不是很好，可是一直在努力。不到 6 个月，就没有了消息。

我也忘不了真淑。每当我腹部绷紧，腰疼剧烈的时候，我都会想起像我一样度过疼痛、艰难时光的真淑。

13 岁的出师表

同心小学的各位同学，大家好，我是参加同心小学会长选举的 2 号选手，六年三班的崔恩瑞。

其他候选人做出了出色的承诺，要创建整洁的校园，创建没有暴力的校园，创建优秀校园，我恐怕不能做出这样美丽的承诺。因为我认为还有更重要、更紧急的事情要做。我现在 11 周岁，也就是说，作为小学生的时间占据了我人生的将近一半。大家喜欢自己的小学生身份吗？因为自己是小学生而得到理解了吗？或者得到尊重了吗？

初中、高中都是 3 年，小学却是 6 年。我希望在这不短的 6 年时间里，同心小学的一千名学生都能生活得更幸福。

如果我当选会长，首先要让“初丁”这个字眼从我们同心小学消失。

各位同学，你们认为“初丁”是什么意思？单纯是指读小学的人吗？那么为什么听到“初丁”会让人不舒服？幼稚没有想法的人，给别人带去伤害的人。即使是大人，有的也被称为“初丁”。现在，“初丁”已经不是小学生的意思，而是代表有问题的人。那么，作为小学生的我们难道都这样差劲吗？

每到假期，网络评论都说初丁们来了。可是从艺人们控诉恶评的采访报道来看，基本没有小学生，大部分都是成人。还有饭店不允许小学生入场，原因是孩子们会在里面吵闹，容易造成混乱。校门对面的老家章鱼店是我父母经营的饭店，他们说最吵闹、最没有礼貌的客人是喝酒的大叔。即便这样，也没有哪家饭店拒绝这样的成人。电视上说孩子是希望，是未来，然而在现实中人们却瞧不起孩子，讨厌孩子，认为“初丁”是个棘手的难题。

不过，我们自己也互相开玩笑称呼对方为“初丁”。从今往后，我们不要再使用这种轻视自己的词语了。如果有人犯错，只要针对做错的人，针对错误的行为加以指责就好。老师和父母在批评我们或指出错误的时候，也不要说我们是“初丁”。我会说服学生、老师和家长，让同心小学的学生们都成为被尊重和被理解的小学生。

第二，我要把同心小学变成没有性暴力的学校。

“啊——Kimochi！”同学们，这句话经常听说吧？我第一次听到是在四年级。班里有几名同学经常笑着说，“Kimochi，Kimochi”，我以为是“哇！天啊！”之类的感叹词。发音可爱的“啊——Kimochi”迅速扩散，好像成了流行语。班主任老师偶然听到后很生气，问同学们知道是什么意思吗？老师说这是日本成人电影中女演员说的话。他说，像做出打人的架势或发出尖叫声的威胁，带有性暗示的动作或语言也可能成为暴力。

小学生也喜欢的网络节目主持人说，女人都是拜金女，是寄生虫，是祸水。从而对女人大肆辱骂和嘲笑，还说要杀死女人。今天你们有没有跟着说节目里的台词呢？有没有对同班女生说“他妈的，你妈的”，肆意评价女同学的外貌，模仿黄色视频，习惯性地说“啊——Kimochi”。这些分明都是性骚扰和暴力。

小学教室里已经有性暴力行为在发生。年纪小，开玩笑，不算什么，这样敷衍了事的处理方式对加害同学和受害同学都没有帮助。我要让同学们受到正确的性教育，打造出没有受害者也没有加害者的同心小学。

最后，我要在一周的课程表里留出一小时的空白。

我们国家的小学生每周在学校学习的时间平均为 8 小

时 40 分。其实我和我的朋友们在辅导机构度过的时间比这更多。到了高年级，课时变长了，有单词考试的时候还要通过考试才可以回家。有时候，我们要 8 点以后才能回到家里。放学回家先吃零食，做作业，上辅导班，再回家吃晚饭，再做辅导班的作业，然后睡觉。我想，其他同学每天的生活和我也没有什么大的不同。

最近，父母的唠叨大多与智能手机有关。说我总是看没用的视频，明明每天都能在学校里见到，却用短信聊到深夜。我知道爸爸妈妈要工作，不得不这样，可是他们为我安排的时间表太满了。两项活动之间没有留出玩耍的时间，每个人的课外班时间都不一样，想要约朋友出去玩儿也很难。独自度过这些零散时间的方法只有玩手机了。

这期间，我们的运动、游戏和外出都和老师在一起。生日派对是按照老师的安排，租用的跆拳道场。棋盘游戏是在数学辅导班里玩，传统游戏主要是放学后的时间学会的。我们和朋友共度的时间太少了。我们需要这样的体验。可以和朋友们一起说笑玩耍、打架，也可以独自静静地看书，或者趴在课桌上睡觉。

我想老师和家长们都会反对。或许这不是学生会长能做到的事情。不过，我会努力说服大人，让我们每周拥有一小时的空闲，哪怕少点儿也好，只是一定要有。

这三件事凭我个人的力量很难做到。我觉得，这些对我们来说非常重要。我会走在最前面，我会努力做到。你们愿意和我一起吗?

2 号选手崔恩瑞。

后记

78 年生的 J

五月份，J 就满 40 周岁了。J 女士有个读小学四年级的女儿和 7 岁的儿子，住在首尔近郊的新城公寓。对，还有她的丈夫。丈夫在建筑公司工作，现在在外地现场出差，只有周末回家。今年是他们结婚的第十二年。没有丈夫在身边会感觉空虚吗？嗯，坦率地说，丈夫在身边和现在成为周末夫妻没感觉有什么区别。

J 女士是一名保育教师，早晨先送女儿上学，然后和儿子一起去幼儿园。生孩子之前，J 女士在幼教机构工作。机构从事婴幼儿教材和教具的销售，以及上门课程的开发运营。J 女士负责管理上门授课的教师。虽然是以儿童为服务对象的企业，却不能保证员工享受育儿假。因为没人照顾孩子，J 女士只能在分娩之后辞职，下决心绝对不买那家公司的书。她一边养育孩子，一边考取了保育教师资格证，从去年开始到老二的幼儿园工作。

女儿好像进入了青春期。四年级后，女儿和 J 女士的感情出现了诸多裂痕，年初没让女儿参加防弹少年团演唱会这件事起到了决定性的作用。J 女士认为，11 岁还不到参加演唱会的年龄，所以没有同意。女儿好友的妈妈却帮孩子买票，陪孩子去了现场。这让女儿到现在都依然失落不已。她不是不理解女儿喜欢明星的心情，毕竟自己小时候也是某位歌手的狂热粉丝。

“徐太志和孩子们”乐队在 J 女士读初二那年，也就是 1992 年出道，1996 年她读高三的时候退出歌坛。也就是说，J 女士的整个青少年时期都是和徐太志一起度过，属于“徐太志一代”。她也曾不顾一切跑到首尔看徐太志出场的公开录制现场，或者打歌排行榜节目。粉丝们喜欢的不仅是徐太志的歌声和舞蹈，还为他发声的信息发狂。他演唱《回家》，离家出走的青少年就会回家；他演唱《梦见渤海》，粉丝们就会关注统一问题。高中主动辍学的徐太志改变了人们对学历的看法。徐太志不是单纯的歌手，而是一种文化，一种现象。

徐太志之后，由大型娱乐公司选拔练习生，经过训练后出道的日本明星育成方式在韩国也成功立足。练习生出身的青春偶像组合层出不穷，他们专以青少年为目标群体，也会演唱有关教育体制和反对校园暴力的歌曲。不知为什么，J 女士却不为所动。当跻身排行榜冠军的时候，他们首先向社长道谢。这让 J 女士感到陌生。

年轻的艺术家高举旗帜，反对既有规范和秩序，徐太志是给处于最感性青少年时期的 J 女士带来最大影响的人物。

J女士是97届高中毕业生，那一届也是历年来最难的高考。拿到成绩表的考生们都吓坏了，不知道这么少的分数能不能考上大学，或者可以考上哪所大学。J女士从甲、乙、丙、丁组中选择一所作为意向志愿，其他三所为保底志愿，结果被多所大学录取。她选择了配置表中排名最靠前的大学。

大学生活挺无聊。尽管大学是由年轻而充满生机的成员组成的空间，可是怎么说呢，好像被人猛地泼了冷水之后的风景。大概是院系制度造成的。1995年的5.31教育改革方案之后，从1996年开始按照院系选拔新生的大学急剧增多。J女士所在的社会科学院有将近300名新生，除了学号靠近的几名，其他大部分同学连名字都不知道。一年级属于社会科学院，二年级刚刚分到同一专业，三年级以上从入学就是同一个学科，所以前后辈关系复杂而又尴尬。入学前一年，也就是1996年的韩总联[1]事态也给他

1 韩国大学生总学生会联合的简称。——译者注

们带来了影响。示威和镇压过程中的暴力事件让国民对待学生运动的目光变得冰冷，学生运动的组织能力也有所减弱。另外，金融危机引发了经济不景气，就业困难，学生们忙着积累自己的资历。回忆起大学时代，J女士首先想到的单词不是社会意识、年代感、责任感，而是“个人主义”。

从四年级开始，她就到处投简历，然而直到毕业也没能找到工作。不能再朝父母伸手要钱，想要打工，可那个时间还要做就业准备。没有钱，心情也跟着畏畏缩缩，渐渐地不再愿意和人打交道。每天独自为就业担心，感觉自己真的抑郁了。差不多在毕业一年后，她才找到工作。尽管是好不容易才找到的工作，然而坦率地说，她并不满意。她由此懂得，做自己想做的事情简直就像做梦一样虚幻。

公司待遇很低，也没有什么社会福利。不过几乎没有夜班，休息日一天不落。这些理所当然的事都成了巨大的优点，可见大韩民国的职场人的生存现状有多么艰难。

对于 J 女士来说，公司就是赚钱的地方。当然，她会竭尽全力把工作做到最好，不过也仅此而已。下班之后，她看书、学外语、做运动，这样的时光非常快乐。如果能选择自己喜欢的事情作职业，并且从工作中获得成就感，那自然最好，但是这样的人并不多。世界上更多的人在默默地做着分配给自己的工作，成为平凡而勤奋的职场人。J 女士也是其中之一。

小公司里是非多。只要看到有人聚集的背影就让人头疼，但是 J 女士和同组的两位前辈姐姐十分合得来。下班后，三个人一起看电影，一起吃饭，还经常一起喝酒。她们定好日期休假，一起旅行。和姐姐们在一起有很多回忆。绝对无法忘记的回忆有两件，都是发生在光化门广场的事情。

进入公司第二年，也就是 2002 年，那时候 J 女士还是新职员，韩日世界杯在那一年举行。当时大韩民国没有人不喜欢足球，大家都在为世界杯疯狂，还出现了街头啦啦队这种独特的文化。就连不懂足球规则，从未认真看过足球赛的 J 女士，也想亲身体验这份热情。在人多的地方推来挤去，比赛结束后很晚回家，这些都让她担心。不过，她和姐姐们都想，难道不应该去光化门广场看一看吗？

比赛的最后一天是 2002 年 6 月 18 日，韩国对阵意大利。比赛从晚上 8 点 30 分开始，三个人下午请了半天假，早早去了光化门广场。即便这样，她们也没能占据好位置。人多得令人难以置信，那么多人同时屏住呼吸，同时欢呼、感叹，同时歌唱。安贞焕在加时赛里打进金球的时候，素不相识的人们相互拥抱、哭泣。J 女士、姐姐们、拥挤在广场里的陌生人，似乎都忘乎所以了。回头看的时候，这真是一段愉快而奇特的经历。

如今三个人生活在不同的地方，做着不同的工作。环境、生活都和从前不同，三个人因为各自不同的原因都很忙碌，不过一年还是会见一两次面，分享积聚已久的话题。去年年初，三个人在时隔 15 年后再次重逢在光化门广场。这次的心情不是喜悦，而是愤怒，手里拿着的不是助威道具，而是蜡烛。和 2002 年那天一样，人多得难以置信。那么多人同时屏住呼吸，同时欢呼，同时感叹，同时歌唱。

向所有人开放的广场，自发聚集的人群，怀着同样的想法和目的，同样的声音，站在广场上有些许的激动，可是很奇怪，心情却并不舒畅。怎么描述这种感觉呢？如果一定要找个相似的词语，那应该是负罪感。活了这么多年有过炽热的时刻吗，哪怕短暂也好？苦恼过，困惑过，质疑过吗？虽然自己找借口说现在是和平时期，经济困难让谋生都变得困难，但 J 女士的心情还是很沉重。

*

J 女士其实就是我，同时也是我最好的朋友，是很久以前就断了联系的同学，是用孩子的名字称呼彼此的同龄邻居妈妈。

回忆童年时光，有种浪漫情怀。虽然我们家境清寒，但整个世界并不贫穷。人们很自由，充满自信，过得还算悠闲。那时流行“健康生活”，从国民政府时期到参与政府时期，我就读大学，踏入社会后，社会气氛也称不上死板、僵化、受到压抑。而现在流行的是“性价比”和“消费降级”。大众的声音不再自由，社会氛围变得倾向于厌恶和贬低。只要能过得好，道德标准可以无限降低。而且在几年之间，死了太多人。

我 40 岁了。听说人过了 40 岁，就要对自己的容貌负责。因为容貌会随着自己的人生、态度和价值观而改变。需要负责的不仅仅是自己的容貌，还有周围的世界。从此以后，我不会只被周边情况影响。我的态度和价值观也要影响周围的人和组织，甚至影响到更广阔的范围，也就是社会。我想做个有责任感的成年人。